阅读之前 没有真相

午夜文库

# 夜想曲

［日］依井贵裕 著
赵滢 译

新 星 出 版 社　NEW STAR PRESS

## 目录

| | |
|---|---|
| 1 | 序　篇　回到过去 |
| 9 | 前　篇　过去 |
| 11 | 第一章　第一案 |
| 48 | 间　　奏 |
| 51 | 第二章　第二案 |
| 88 | 间　　奏 |
| 91 | 第三章　第三案 |
| 131 | 间　　奏 |
| 134 | 幕间休息 |
| 136 | 间　　奏 |
| 139 | 给读者的挑战 |
| 141 | 后　篇　无论过去还是未来 |
| 143 | 终　章　解答篇 |
| 161 | 间　　奏 |
| 165 | 重　编　以及现在 |

献给池上宣久

*序　篇 回到过去*

恢复意识时，樱木因汗水而全身发冷。手上传来的触感让他险些担心是不是噩梦成真了，结果发现死死攥在手里的只是条湿毛巾。

他重重吐了口气，环顾四周。嵌入式书架上整齐摆放着与电影和戏剧相关的书籍。自己常用的实木书桌、黑皮革椅子，这里是熟悉的书斋。看来自己失去意识的时间并不长。樱木还清楚地记得，之前自己就坐在那张椅子上看信。

本以为头撞在地板上可能会失忆，看来没有。映在橱柜玻璃上的脸也没有露出不安的表情。唯一与坐在桌子前时不同的是，手里多了一条不知道从哪儿冒出来的毛巾。因攥着它的时候太用力了，这会儿胳膊上还残留着疲劳性疼痛。

信看到一半，樱木突然失去意识，一头栽倒在地板上。当时应该是晕倒了，但那之后的事究竟是梦境还是现实他自己也不清楚。

梦中他把绳子一圈又一圈地缠在某个人的脖子上，然后慢慢勒紧。看不到对方的脸，唯有后仰的脖子那流畅的曲线鲜明地烙印在了眼底。拉扯绳子的手感受到了无法形容的振动与冲击。实在是太逼真了，如果不是亲身体验过是想象不出来的，而且那个情景还会反复重现。

樱木用左手往上拢了拢花白的头发。这是为了在银幕上给观众留下深刻印象而特意设计的动作，几十年过去，不知不觉间已经养成了习惯。冬日的阳光此时已经照在木地板上，但并不令人觉得暖和。樱木用手支撑着身体，慢慢站起身。

他没觉得有哪里疼。看来从椅子上栽下来的时候并没有撞到什么地方。小时候倒是学过几年武术，莫非是那个时候打下的根基以财产的形式留给了即将步入壮年的自己吗？虽然已经告别了银幕，但樱木对自己的体力还是有自信的。

　　与之相对的，精神层面的自信基本已经土崩瓦解。为什么总是会反复做那个噩梦。用绳子勒住别人脖子时那几近麻痹的触感真切地残留在手上。反复在脑中重播的那段影像真的只是梦吗？自己或许在无意识的情况下杀了人——樱木被这个可怕的想法折磨着。

　　"啊，老师，您没事吧？"

　　外丸须美乃从门缝处探进头来。她给人的印象就像樱木学生时代的纯情女学生。小巧的脸上有些痘印，但眼睛圆溜溜的，很是可爱。樱木除了演员这个本职工作，还会写随笔一类的文章，所以须美乃一直称呼他老师。

　　"嗯，没事。"

　　樱木含糊其辞地回应着，把身体整个靠在高背椅上。没觉得身体有哪里不妥，但连他自己都不清楚是不是真的没问题。

　　"那就好。"

　　大概是因为樱木看起来和平时没什么两样吧。须美乃接受了樱木的说法。

　　须美乃是樱木的远房亲戚。让年龄可以当自己女儿的年轻女性住进家里，樱木最初也不习惯。有段时间，文娱周刊胡乱猜测他们的关系，说他们是什么忘年恋。不过到了这个年纪，身边能有个关心自己的家人令樱木感到安心。须美乃表露出的好意，总是保持着微妙的距离感，不会让人喘不过气来。

　　"啊，毛巾。"

刚刚樱木紧紧攥在手里的毛巾此时正孤零零地躺在地板中央。

"是你拿来的吗？"

"是的。我看到老师您躺在那里，就弄了条湿毛巾放在您的头上……"

须美乃摇晃着双马尾，有些拘谨地走进书斋。她非常瘦，甚至可以说是骨瘦如柴，看着让人心疼。

"是这样啊。"

说起来，那条毛巾的确又冰又湿。须美乃在看到自己昏倒在地后，肯定尽了最大的努力去照顾吧。

"这次我差点儿就找医生来了。"

须美乃捡起毛巾，语气中带着不安。

"不许。我不需要医生。"

樱木故意加重了语气。实际上他的确没感觉到身体有异常。要是医生来了，搞不好会看出他内心的恐惧。樱木尚未将自己的烦恼对任何人倾诉过，目前也不想找人商量。

"可是……"

"我没事的。"

为了让须美乃安心，樱木的声音很温柔。其实他也想知道自己到底有没有事。自从昏倒的次数增多，樱木便暂时将工作搁置，选择留在家里。因为他非常担心自己在失去意识期间会不会做出什么失态的事。

"好吧。"

须美乃的眼神中透着担心，但还是点了点头。把毛巾叠了几叠，默默退出了书斋。

目送她的背影，樱木重新朝向桌子这边坐好，决定继续看那封信。碎花图案的信纸加上出自女人之手的娟秀字体给人温和的感觉，内容却勾起了樱木的噩梦。

几个月前，樱木接到了几个老朋友的邀约，说要在朋友的山庄里聚会，希望他也能来玩。在当演员之前，樱木曾是正经的上班族，而那几个老朋友正是二十几年前与自己同期进入公司的同事。当时他们经常聚会，樱木辞掉工作之后也曾和他们一起玩过。自从其中一人死于意外，这样的社交活动也随之消失了。那么久没见还真有点想他们，所以樱木在心中暗暗期待。

而记忆在这里戛然而止。在山庄度过的那几天的行动和情绪完全从脑子里抽离了。

就是从那个时候开始，樱木怀疑自己是不是杀了人。手上清楚残留着用绳子勒住别人脖子的触感。大概是杀人带来的刺激过于强烈，那几天的记忆变得模糊不清，只记住了那个触感和事发前后的状况。如果那是梦，未免也太真实了。

事实上，当时在那座山庄里的确发生了命案。连续三天，每天都有一个老同事被人用绳子勒住脖子致死。

樱木实在是太害怕了，连核实情况的胆量都没有，看报纸都会避开那条报道，也不会看电视上的新闻。自然也没有勇气去询问当时和他同住在山庄里的朋友，究竟发生了什么事。就连三人被杀的事实都是从纠缠着自己不放的记者的大声质问中得知的。

幸好当时樱木已经暂停了演员的工作，这才得以避过风头。躲起来自然是为了避开媒体的纠缠，而实际上还有另外一个原因，那就是他在精神层面上缺乏自信。可怕的是，那之后几个月的记忆也消失了。等他再回过神来，已经回到了这里，而那场风波也彻底平息了。

樱木自然不会认为自己真的就是凶手。到目前为止，在他的记忆中，他从未接受过警方的调查。可残留在手上的那种不寒而栗的触感又是怎么来的呢？该怎么解释那段反复在脑海中出现的影像呢？

眼前信上的文字就像是在嘲笑内心不安的樱木，那上面说，将写有那起案件真相的稿子也一并寄了过来，内容是基于事实推理出真凶的过程。

案件刚发生不久的时候，樱木也收到过写着"你就是杀人凶手"的匿名信。现在这封信上的笔迹看起来和那封信上的一样。

当时樱木只觉得是无聊的中伤，但依然受到了强烈的冲击，人格都险些崩坏。勒住别人脖子时的手感伴随着真实感也就此复苏。绳子有多白，上面污渍的颜色和形状，渐渐变成紫红色的对方的脸，悉数浮现在眼底。自己当时该不会真的失去意识，并与人产生了激烈的冲突，最后陷入了癫狂吧。

而从这次的信上，樱木感觉到了更加恶毒的心思。与那封匿名信不同，没有看到明显带有抨击意味的字眼。简言之，就是让樱木看一并寄来的原稿。平静的语气反而让人害怕。笔者字里行间，都像是在发表樱木就是杀人凶手的根据。

原稿分量十足，和长篇小说不相上下。因为是打印出来的，页数并不算多，但至少超过了一百页。

是什么人出于什么目的将这种东西寄给自己的呢，关于这件事，樱木并不是一点头绪都没有。那是一个不能轻易相信，自己也不会相信的人，但会寄来厚厚一摞原稿的人也只有那位女性了。可即便知道是她，也无法改变什么。既然她说事实就在原稿中，那也只能按照她的意思看一遍了。

同时，樱木还有一种感觉，如果看了原稿或许就再也无法回头了。那是一种自己将不再是自己的不祥预感。

但樱木还是鬼使神差地看起了原稿。就像是被什么牵引着，彻底陷入了这个描写连环杀人案的世界。

前 篇 过去 ———

## 第一章　第一案

　　从车上下来仰望天空，秋季夜空中有些寂寞的星星时隐时现。习惯了城市生活的人，感觉山里似乎要冷一些。
　　尾羽满略感不安，用力吸了一口新鲜空气。在茂密的原始森林的映衬下，一座山庄显露出来。眼前的建筑物由没有经过修整的原木搭建，看起来很坚固。共有两层，不算大。这里冬天会下雪吧，屋顶的坡度设计得比较陡。
　　正在寻找融入夜色的山脊时，突然有人轻轻拍了一下自己的肩膀。是麻美停好车回来了。尾羽满从麻美手上接过车钥匙，之前他在酒店住了两天，感觉好久没有保管车钥匙了。
　　这次聚集于此的都是麻美的旧相识，是二十几年前，与麻美在同一时期进入政府机关的老同事，所以阿满没见过。此次他以客人的身份受邀前来，对于与妻子的朋友见面这件事，他内心是抗拒的。阿满对没有经历过的状况总是会感到不安。
　　从他们即将前往的山庄里透出了柔和的灯光。阿满跟在麻美身后，迈上前面的木质台阶。
　　多么瘦弱的背影啊。自从半年前儿子意外身故，在阿满的眼里，麻美的背影看起来更加瘦弱了。二人之间的距离也是越来越远，阿满始终觉得，妻子内心深处有着一处自己触手不可及的地方。

按了几下门铃后，麻美打开了大门。门又大又重，如果不是阿满在身后支撑，麻美都打不开。

　　麻美站在门口，似乎在跟里面的人说着什么。因为是背对着这边，阿满不知道说话的内容，大概是为了这么晚才来在道歉吧。阿满没看邀请函，不知道定的是几点，不过这个时间就算已经吃过晚饭了也不奇怪。阿满轻轻把门带上，把两个人的行李放在脚边。

　　房子里面出乎意料的大，原木风格的装潢吸引了阿满的注意。床、门、楼梯，都是木质的，营造出了明亮温馨的氛围。正中央有个圆桌，四周的地面被挖去，可以直接坐在地上。对面是附带吧台的开放式厨房。

　　"这位就是你爱人吗？"

　　一个身材有些丰满，戴着圆框眼镜的女性朝着阿满走过来。她的嘴唇动得很慢，所以阿满能看懂。

　　"外子阿满。"麻美将脸转向这边，用手语为阿满做着介绍。

　　山庄里还有另外两名男性一脸疲惫地坐在圆桌旁。

　　"村上美惠子，请多关照。"

　　简短地自我介绍的同时，她还用手指比画着自己的名字。虽然有些生硬，但阿满依然对这个人会手语而感到惊讶。

　　村上不只是身材，脸也圆圆的。大概是因为没有明显的皱纹，所以看起来比实际年龄要年轻不少。麻美之前说过，村上是图书馆管理员，现在就任西区图书馆的副馆长。在职位本来就少的情况下，一个未满五十岁的女性能坐到这个位置，已经是非常高的成就了。

　　"听说你最近经常上电视。"

　　村上温柔的脸上带着微笑，嘴唇动得很慢。关于阿满的工作,她应该是从麻美口中得知的吧。

为了让人们加深对残疾人的认识,阿满偶尔会参加电视节目。这也是他数十年来脚踏实地开展活动所获得的成果之一。

"不愧是上过各种节目的人,穿着和发型都这么时髦。"

今天阿满穿着年轻时流行过的海军蓝西装外套,所以这不过是句客套话。头发也只是不想让突然增多的白发太显眼而剪短了而已。

"来这里之前我还想去烫个头发呢。虽然已经是老阿姨了,不过还是要注重一下仪表呀。"村上继续面带微笑地说着。

她应该是很喜欢说话的那种人吧,但还是有种硬着头皮在聊天的感觉。笑容有些僵硬,似乎还没有彻底从工作的疲惫中缓过来。

"我原本也想去理发店染头发,不过今天……"

阿满的话还没有说完,之前坐在里面的两名男性一起迎了出来。阿满说话时必须看着对方的脸,很难同时跟多人对话。

"我,叫,长谷川知之。"

体形肥硕的男人没有动嘴,直接用手语介绍了自己。应该是为了迎接阿满的到来,特意提前练习过吧。

长谷川右手握拳放在脸中间,像是在比画天狗的鼻子,接着向前拉。这个手语的意思是"请多关照"。他的动作不单单是在模仿,看起来就像是真的在说。在得知他是区政府的职员时,本以为会是个态度冷漠的人,他这番举动实在是让阿满感到意外。

"我只会,这一句。"

身材壮硕的长谷川表示着自己的惭愧。那双就要埋进肉缝里的小眼睛彰显着他的善良。

"我不会手语,抱歉……敝姓樱木。"

很难想象眼前这个英俊潇洒的男人与自己同龄，他在说话的时候用左手拢了拢头发。在看到这个动作的同时，阿满知道了此人的身份。

"请问，您是演员樱木和己……先生吗？"

阿满激动得差点儿直呼其名。只在电视和电影里见过的型男演员就站在自己的面前。

樱木只是微微一笑，没有说话。肯定是因为阿满的声音不容易听清楚吧。初次见面的人经常会有这样的反应。一般人都会觉得再问一遍不太礼貌，多是回以微笑。不过对阿满来说，直接问自己刚刚说了什么，总比就此中止对话要强。

"是樱木和己先生吧？"阿满再次重复了自己的问题。

这次樱木听明白了，露出亲切的笑容点了点头。"对。不过我已经有段时间没演戏了。"

"他本名叫刚毅，听起来就很强悍。明明长了一张如此柔美的脸。"

村上看着樱木的脸介入了二人的话题。这次说话的速度大概才是她平时的语速吧，和之前比起来快了很多。

房间里似乎开了暖气，有些热。阿满脱下外套，搭在胳膊上。麻美和长谷川打过招呼后，和樱木握了握手。大概是好久没见面了，麻美显得有些陌生，但还是面带笑容地与大家攀谈。

听力健全者之间一旦开始正常交流，阿满就跟不上了。因为不知道该看谁的脸。再加上嘴唇动得过快，很多时候根本来不及看。所以唇语并没有人们想象得那样万能。

感到有人在敲自己的肩膀，阿满回过头。

长谷川指着外套说："我去给您拿衣架。"

阿满还没来得及拒绝，长谷川就摇晃着庞大的身躯走上了楼梯。

　　胖成这样会生病的吧。和名字相反，身材纤瘦的阿满不禁产生了这样的担心。

　　和樱木寒暄完毕，麻美用手语对阿满说："先把行李放好吧。"

　　"长谷川先生说要去给我拿衣架。"

　　阿满拜托麻美再等一会儿，这时，樱木说了句什么，然后上了二楼。或许是因为知道他演员的身份吧，感觉连走路的样子都那么有存在感。

　　"他说了什么？"

　　"刚毅也说要帮我拿衣架。"

　　麻美比画的是樱木那鲜为人知的本名，也许是同事间的昵称吧。而且不知是不是错觉，感觉她的脸红了。

　　看着麻美的表情，阿满又产生了那种违和感。今天一整天麻美的反应都不是很自然。阿满不知道该怎么形容，心中莫名感到忐忑。总之，麻美的言行和平时有微妙的不同。

　　被人用左手肘轻轻戳了一下，阿满朝那个方向看去。只见村上摇着头说："放心吧。"看来她以为阿满是吃醋了。

　　"他的确是个帅哥，但他那个人打心底看不起女性。所以才会到现在都是光棍一条啊。"

　　虽然绯闻不断，但樱木已经是四十多岁快五十岁的人了，依然单身。之前以为他是选择太多挑花了眼，看来村上有她的看法。

　　就在这时，长谷川从二楼下来了。跟上楼时相比，他下楼的步伐更令人担心。紧接着樱木也拿着衣架出现在了楼梯上。看来他们两个的房间都在二楼。

"给，请用吧。"

长谷川把衣架递给阿满。是干洗店那种，不是什么高档衣架，只有铁丝，可以轻松掰弯。除了用来挂衣服，还可以用来做别的事，很方便。

既然是普通货色，就没必要客气了吧。想到这里，阿满决定接受对方的好意。衣架是长谷川带来的，他和樱木各用了一个。村上则始终没用过。

"有这个的话就……"

樱木也朝麻美递出了同样的东西。阿满这时突然想起，樱木曾出演过用这种衣架当凶器的电视剧。

"美惠子，给。"

麻美摇了摇头，把衣架塞进了村上手里。村上被这出乎意料的举动吓到了，张着嘴愣在那里。

递出衣架的樱木则是扑克脸一张，从他的表情中看不出任何情绪。长谷川也目瞪口呆地睁大了他的小眼睛。

"美惠子不是没有吗？"麻美大概也觉得这样的举动不自然，急忙解释。

即便无法从声音中获取情报，也能从她的表情和举动中察觉到细微的差别。阿满就像在观看网球比赛，先是看看村上，再看看麻美，二人都没有张口。

村上默默接过衣架，这才缓解了越来越紧张的气氛。

阿满环顾众人，看看其他人有没有说话。

这时长谷川慢条斯理地开口了："是想起刚毅先生出演过的电视剧了吗？"

樱木出演过的电视剧中有这样一段剧情，他饰演的角色将铁丝衣架掰直，穿过五元硬币中间的小孔，然后用那个工具杀人。

麻美为了帮自己翻译，曾陪自己看过那部电视剧，会联想到这段剧情倒也不奇怪。

"我也看了，就是那个凶器吧……"村上做出害怕发抖的动作，点了点头。

那是一部没什么悬念的悬疑剧，唯独凶器令人印象深刻。已经是很久以前看的了，大家居然都还记得，证明那部电视剧拍得还是挺成功的。不单单是因为自己的同事樱木在里面出演了角色。

"我去放行李。"

麻美用手语对阿满说完，用左手提起了包。麻美的右手很多年前在意外中受了伤，留下了轻度残疾。中指和无名指活动受限，无法弯曲，还留下了烫伤似的疤痕，所以她的右手始终都戴着黑色手套。

阿满也觉得先进房间气氛就会缓和下来。用手语回复后，从麻美手上接过了包。

这里只有单人房，所以阿满和麻美分别住宿。他们的房间挨着，就在一层。长谷川热情地将她们带到各自的房间。因为是住在朋友的山庄里，所以除了来参加聚会的人，没人专门负责照顾他们的饮食起居。

把麻美的行李送到她的房间后，阿满走进分配给自己的房间。房间装潢算不上豪华，但从大大的桌子和嵌入式衣柜等家具可以看出还是挺考究的。其他的就比较简洁了，没有卫生间和浴室，连生活用品都没有。麻美的房间也是如此，并没有什么特别之处。

把包丢在床边，阿满长长舒了口气。这是一次郁闷的旅行，不过麻美的老朋友都是些好人。特意学了手语，故意放慢语速，能感觉到他们都很照顾自己。问题在于麻美那些不自然的举动。

阿满把外套挂在衣架上，回想起了今早收到的传真。那就是他开始注意麻美表情和举动的起因。

传真是麻美的同事横山典子发来的。她们从以前关系就很好，而她也是预计要前往山庄的成员之一。

以从事行政工作的女性来说，横山升职非常快，现在已经是职工培训所的副所长了。听说她因为长年从事人事工作，进入更年期后，身体一下就垮了。具体是哪里出了问题阿满不清楚，只知道她甚至因此停了职。就是在那个时候，横山的母亲联系麻美，希望她能给横山介绍医生。

麻美在福利部门工作，这些年来基本都在同类型的部门打转。现在是民生局福利部残疾人福利课长，不过曾经在疗养院和康复中心一类的机构挂过名。工作上也经常会接触医生，其中自然也不乏私交比较好的。于是麻美一口答应下来，给横山介绍了值得信任的女医生。

女医生也不负所托，横山顺利康复，精神饱满地回归了职场。麻美没有具体说横山得的是什么病，只知道是压力导致的。自那之后，横山一有机会就会向麻美表示感谢。其实她彻底痊愈也没多久，阿满已经记不清接受过多少来自横山的感谢之词了。

所以那封传真的内容也是感谢介绍医生这件事，还表示很期待能在山庄见面一类的。阿满一开始没觉得有什么不对劲。但看着看着，麻美的脸突然失去血色，那表情就像是看见了鬼。

是哪句话吓到麻美了呢？看到麻美表情变了，阿满又看了一遍传真上的内容，可看来看去那都是一篇表示感谢的文章。横山流丽的文字透露着温暖与亲切，丝毫感觉不到任何恶意。

虽然没有逐字逐句背下来，可即便现在重新梳理一遍，依然是很普通的内容。阿满搞不明白麻美究竟在怕什么。

如果只是这一件事，阿满还不会对麻美的言行如此敏感，肯定早就随着日常的一些琐事被遗忘了。而之所以会变成现在这样，是因为继传真之后，又发生了一件引起阿满疑惑的事。是一通留言电话。

无法使用电话的阿满平时根本不会去注意电话的状况，但今早他发现那上面的按钮在闪。因为当天刚刚从酒店回到家里，再加上之前传真的事让他产生了怀疑，这才关注起电话来。告诉麻美按钮在闪后，她表情不安地听了里面的内容。虽然听不到，阿满还是盯着麻美的一举一动。

麻美告诉阿满，电话应该是早晨她洗澡的时候打过来的。阿满询问对方是谁，麻美回答是自己的同事山下健二。通知她因为工作还没有结束，所以要晚一点。山下也是预计要出席山庄聚会的其中一人。

在所有同事中，事业上最成功的就是山下，他如今担任财政局财务部长。在这个可谓管理财源中枢的职场上，他始终走在最前端。不出意外，局长的位子迟早是他的，假以时日还会当上副市长吧，最后或许还能当上市长。用麻美的话说，他是个出众的人才。

能获得如此成绩，自然与他繁重的工作量脱不开干系，据说他年轻的时候连电车的月票都没有，因为他忙得连末班车都搭不上，只能坐计程车回家。阿满当时还在心里嘀咕，哪有这样的公务员啊。不过当他看到麻美经常夜里十二点以后才回家，便对公务员改观了。实际上，休息日和节假日麻美也经常要去工作。

所以，山下现在大概是直接住在单位吧。这个季节各部局都要制作新一年度的预算报告，接受财政局的听证。麻美也负责做预算，经常听到她抱怨"快忙死了"。提交报告的人这么忙，负责审查的人肯定更忙吧。山下的工作忙不完是意料之中的。

可如果只是这样的内容，麻美为什么会不安呢？她重播录音的样子，怎么看都不自然。内容真的是因工作要晚到吗？更根本的问题是，那真的是山下打来的吗？

听不到的阿满无从确认。除了暗中观察麻美的言行，别无他法。

一旦产生疑惑，就会带着预设立场去看待事物。阿满心中已经认定了麻美不对劲，那么她的一举手一投足都会变得有问题，一点小事就会产生违和感，不管做什么他都会觉得不自然。"麻美和平时不一样""从未见过麻美做出这样的表情或行为"，只是发现了平时没有注意到的事，就会产生这样的想法。

虽然心里很清楚这个道理，阿满依然觉得，眼前的妻子已经不是自己认识的那个麻美了。他也希望是自己想多了，但同时又坚信自己的感觉没错。因为在麻美心中有个他窥探不到的房间。这是阿满一直以来的感觉，而现在毫无疑问地，又出现了无法用那种感觉来解释的其他什么东西。

"还没收拾，行李吗？"

窗户上出现人影，阿满惊讶回头，麻美用手语比画着。因为听不到敲门声，所以阿满之前已经有过好几次类似的经验了。

"这就来。"从床上站起来，阿满用手语作答。

麻美转过身，没有看这边。阿满面向大厅，暗自叹了口气。越来越后悔来山庄了。

†

第二天一早，阿满来到大厅，长谷川蜷成一个球在看电视。电视上放的是 NHK 播的早间连续剧。

在家里的时候肯定也是每天都会看吧。麻美告诉过阿满，长谷川就算在外旅行也不会改变习惯。长谷川住在不同的区，不过从西区政府到家只需要坐五分钟的公交，那个节目的结束时间是八点半，看完节目之后再出门也完全来得及。

村上在厨房独自准备早餐。因为这里只有他们自己，所以饭也得自己做。空气中飘荡着咖啡的香味和煎培根一类的味道，刺激着食欲。总是会早起的麻美还没出现。

和二人打过招呼，阿满才去洗漱。因为各自的房间里没有卫生间和洗手台。

"早上好。"

樱木身穿运动服，脖子上搭着毛巾，站在洗手台前。垂在胸口处的银项链沐浴着清晨的阳光，闪闪发亮。

樱木也低头向阿满问好。不过毛巾挡住了嘴，阿满不知道他说的是什么。

樱木毫不在意阿满的目光，自顾自地做起动作幅度较小的体操。他之前说暂停了演员的工作，如此看来，身材管理依然没有懈怠。

阿满上完洗手间，洗手，洗脸，刷牙。樱木在这期间已经做完早操，回了客厅。

阿满边整理头发，边盘算今早能聊的话题，可一个都想不到。昨晚就因为跟不上他们的节奏没能聊起来。

主要原因是多了必须由麻美用手语给自己翻译这个过程。交谈对语言以外的因素要求也很高，讲求间隔和时机。有的时候必须在那个瞬间做出反应，否则笑话就不好笑了。昨晚就出现了好几次只有阿满不明所以，在麻美翻译过后，才后知后觉地笑出声，或是明白意思，却不觉得好笑的情况。

这种情况必定会陷入尴尬的沉默，话题也会就此中断。同时和几个不懂手语的人进行对话时经常会这样，就像是在和语言不通的外国人交流。因为每次都会错过时机，话题无法开展，最后就变成了有一搭没一搭的对话。

迄今为止阿满已经有过无数次这样的经历。所以他早就看开了，因为加入了翻译这个过程，对话的节奏会乱也是没办法的事。

不过他总觉得，昨晚的问题不在此。那就不是关系要好的朋友聚集在一起谈笑风生的气氛。所有人都是有些尴尬地在那里硬聊，其实心里不知道多想尽快回自己的房间。

阿满认为，之所以会搞成这样，或许都是自己和麻美导致的。在场的人都知道他们失去了上高中的儿子。那么久没聚，这次突然提出要聚会，也是想要鼓励麻美。虽然没人说出口，但越是避免提及就证明越是在意。失去孩子这个悲剧或许在所有人的心中都留下了阴影，不知不觉气氛就变得凝重了吧。

当然也有可能是自己想多了，过度解读了当时的气氛。阿满其实很清楚，对麻美的一言一行都进行分析也是出于这个坏毛病。

"想来点什么？"回到客厅，村上肉嘟嘟的脸上堆满笑容主动询问阿满，问话的同时还做出端着杯子递到嘴边的动作。

"请给我咖啡。"阿满比画着指了指眼前的杯子。

麻美到现在都还没起床，所以早餐都是村上一个人准备的。

"稍等一下哦。"村上亲切地点了点头，开始温杯。

看来她不仅能听懂阿满发的音，也能看懂指语。昨天据她本人说，在图书馆主办的讲座上学过一点，不过想必她是认真学过吧。因为看懂手语比自己用要难得多，尤其是指语。

等待期间阿满看向周围，长谷川在喝奶茶，早晨要是不来这么一杯就不舒服吧。连续剧播完了，平时这个时间他该去上班了吧，所以现在不知道该干点什么好，壮硕的身体依靠着圆桌，来回晃荡着双腿。

而有着刚毅这个彪悍名字的樱木喝的是绝对很甜的可可，和他的名字一点也不配。他双手捧着大马克杯，一小口一小口地啜着。连如此日常的举动都像画里画的一样优美。虽然头发中夹杂着一些银丝，容貌却如女性般姣好，没有衰老的迹象。

"请用吧。"村上越过吧台，将咖啡递了过来。

阿满接过杯子，坐到位于房间中央、宛如掘式被炉的桌子旁。桌上已经摆好了早餐，飘来阵阵刚烤好的面包的香气。阿满早晨一般吃米饭，不过他不像长谷川，对习惯没那么执着。

"尾羽太太怎么还没起。"

坐在正对面的长谷川说话时看着阿满的脸。阿满瞬间理解，他说的是麻美。

"是在说我吗？"村上从厨房走过来，故意拍了拍阿满的肩膀后才说出这句话。

阿满抬起头，视线的那一边是已经不再年轻的老阿姨的圆脸。

"尾羽"和"阿姨"的笑话已经有太多人说过，阿满已经不再觉得好笑。大概年轻的时候每次叫麻美，他们都会提起这个笑话吧。但如今麻美已经是真的"阿姨"了，所以她肯定笑不出来。但也不能就此无视，阿满无奈地挤出笑容。

和昨天晚上一样，长谷川和樱木都没给出反应。只有村上在那里硬聊，但没人听她说话。

"要是吃完早饭麻美还不出来,我就去叫她。让她来收拾。"察觉到气氛有些尴尬,阿满打着圆场。就是不知道对方能不能理解这么长的一句话。

"嗯……"村上含糊地点了点头,坐到了座位上。脸上没有了之前的笑容。

阿满决定尽快吃完,然后把麻美叫起来。三个人不知为什么都有些拘谨,没人开口说话,相互躲避着视线,把注意力放在自己眼前的盘子上。看向阿满的时候都是和颜悦色的,似乎想要说些什么,却又找不到合适的话题。

用咖啡把最后一片吐司顺下去,阿满点头表示感谢后站起身。时针马上就要指向九点了。

阿满站到麻美的房门前,轻轻敲了敲。敲两三下等一会儿,再敲再等。因为阿满不知道房间里有没有动静,所以只能重复这套动作,直到麻美醒来。

"不太对劲。"

感觉到有人敲自己肩膀,阿满回过头,是脸色发青的村上。看她的样子,屋里肯定没传出任何声音吧。

"不会吧……"

阿满有种不好的预感。麻美那些不自然的举动在脑中一一浮现。

坐着的两个人也表情严肃地朝这边走来。不寻常的气氛似乎预示着已经出了什么意外。

阿满转动门把手,门锁着。如果每个房间的构造都相同,那这扇门的门锁应该也是那种只需转动旋钮的简易锁,破坏门锁进入房间不是什么难事。

几个人先后尝试敲门、转动门把手。没有反应。阿满听不到声音，但也能感觉到里面没有人走出来的迹象。都已经闹出这么大的动静了，如果麻美在房间里，那么她肯定处于无法回应的状态。

"破门之前先绕到外面看一下吧。"

阿满不是通过唇语，而是看到长谷川的手指着外面后判断他说的应该是这个意思。身轻如燕的樱木最先朝着玄关跑去。

阿满紧随其后。长谷川晃动着硕大的身躯也跟着跑了起来。村上当然也跟在后面。

外面朝阳灿灿，是秋高气爽的好天气。温和洒下的阳光让人无法与意外联系到一起。

跑在最前面的樱木已经到了窗边。对演员来说，身体就是资本，从他做早操时就能看出，他经常锻炼。跑这么几步呼吸依然平稳。阿满也马上追了上去，尝试着打开窗户。和门一样，窗户都锁着。

"那是……"往里面窥探的樱木动了动嘴唇。

之后抵达的长谷川大口喘着粗气，死死盯着手指的方向。

窗帘紧闭，无法直接看到里面的情况。但灯似乎开着，能隐约看到轮廓。

"是、是人吗？"长谷川满脸惊恐地看向这边。

那个浮在半空中的的确像是个人。如果真的是人，那么就是被吊起来的人。难道说麻美自杀了吗？

村上想要打开窗户，在发现窗户锁着后开始用手用力拍打。但窗户上安装的好像是强化玻璃，这点冲击力根本不能把玻璃怎么样。

"还是破门吧。"

长谷川的嘴唇这样动着，指向山庄里面。只有一个锁舌的门破坏起来更简单。

　　这次是阿满跑在最前面，朝着建筑物里面奔去。平时不勤加运动，这个时候遭报应了，只是从里面到外面再回到里面就快筋疲力尽了。但阿满现在没时间顾及这些，他只想尽快确认麻美没事。

　　门是朝里开的，只要整个身体撞上去应该就能撞开。和玄关的门不同，房间门没那么坚固。阿满纤瘦的身体铆足力气，用肩膀去撞门把手旁边的位置。

　　走廊很窄，没有多少地方可以助跑。试了两三次，感觉不行。就在这时，樱木到了。长谷川也拖着沉重的身体跑了过来。身后是累得下巴抬起的村上。

　　三个男人一起撞，感觉门歪了些。金属锁舌应该弯了吧。阿满和另外两个人配合好时机，再次撞了上去。反复撞了几次，门终于坏了。

　　由于惯性，阿满打了个趔趄，赶紧稳住了身形。没能刹住车的长谷川扑倒在地上。同样站稳的樱木抬头看向前方。只见绳子绕在麻美的脖子上，整个人被吊了起来。

　　下个瞬间，阿满不知道自己看到的是什么。视线突然变得模糊，无法分辨眼前的光景是现实还是幻影。

　　阿满大脑一片空白，只有一个想法，那就是把麻美放下来。或许还有救，动作一定要快。

　　长谷川硕大的身躯抱住阿满，阻止了他。柔软的触感就像是皮球，力道却如老虎钳般强劲。

　　"尾羽太太已经死了。"

　　这句话他大概已经重复说了几十次了吧。阿满的眼睛始终盯着面目全非的麻美，所以没注意到长谷川在说话。

不知道什么时候，村上也进入了房间。看到她那被泪水打湿的眼睛，阿满终于被拉回了现实。

"为什么……"

麻美那瘦小的身体似乎又小了一圈。昨天那些不自然的举动，是因为她当时已经下定决心要自杀了吗？

面对阿满像是在自言自语提出的问题，没人回答。他也不想听到任何人的答案。

阿满看着麻美被吊在房梁上的样子，心如刀绞。他没能打开麻美的心房，这次是真的再也碰触不到了。

"报警吧。"

长谷川在说话间也没减轻手上的力道。这句话已经超出了冷静的范畴，是冷酷无情。

村上脚步沉重地走出房间。樱木则木然地呆立在尸体面前。

†

"遗书吗？"

为了检验，准备把尸体放下来时，这句话传到了矢野志雄的耳中。停下手上的动作，转过头一看，内田警部补手上正紧紧捏着一张软盘。

矢野清楚记得，那张软盘原本在桌子上，和装着饮料的杯子放在一起。桌子上还放着一台可携带小型打字机，还没有笔记本电脑大。

"看这里。"

大槻警部闻言接过软盘。矢野也暂时中断调查，探过头去看。手指指着的文字非常难辨别。不过上面除了尾羽麻美的名字，的确还有"遗书"两个字。

"这字也太潦草了吧。"

就像是出自刚刚学会写字的小孩子之手，七扭八歪的。听到矢野发自内心的感想，内田警部补重重点了点头。"所以之前才没人发现。"

从抵达现场的那一秒开始，所有人就都注意到了这张软盘。之所以现在才发现是"遗书"，是因为没人看得出上面写的是什么。

"这个不重要，快看看里面的内容吧。"说罢，大槻警部将软盘插入打字机。

除了矢野，小林刑警和野崎刑警也都暂停将尸体放下来的工作，凑过来看。

矢野看着显示在屏幕上的文字。内容不长，很简洁，只是很平淡地叙述了自杀的动机。

  我相当苦恼，不知道该怎么写这份遗书。
  但为了死后不给任何人添麻烦，我必须要写点什么来说明我不是被什么人害死，而是自己结束了生命。
  我不会唠叨个没完，这样会给看遗书的人添麻烦。
  我自杀的理由有两个。其一，我的儿子在半年前死于一场意外。他和女朋友去湖边玩，乘上小船后再也没回来。其二，我患了胰腺癌。在为儿子的死整日以泪洗面的这些日子里，不知不觉间我只剩下三个月的寿命了。
  在接到来山庄的邀请后我就决定，要在今天离开这个世界。辜负了邀请我的朋友们的好意，真的非常抱歉。
  就到这里吧。是真正意义上的道别。

永别了。

尾羽麻美

"最好马上确认一下。需要现在就去问话吗?"大槻警部谨慎地说着,扭头看向身后。

验尸官望月伸彦的眼神似乎在说,还是先把尸体放下来,验过尸后再说吧。

"我和野崎去吧。"

内田警部补回答的同时,将遗书的要点写在了笔记本上。因为眼下检验尸体和对现场进行细致搜证的工作都还没有完成。

"那就拜托了。"大槻警部说话间非常自然地低下头。

对方如此郑重其事,让矢野有些不知所措。内田警部补的年龄要稍长些,但在警察系统里,官阶才是绝对的。而且即便面对的是比自己年纪小的下属,大槻警部也总是那么谦恭。

"走吧。"

看来是记完笔记了。内田警部补取出软盘,带着野崎刑警朝着客厅走去。

矢野回去继续完成放尸体的工作。死者身材瘦小,体重也很轻,很轻松就放下来了。

室内横着一根结实的横梁,不知道是不是装饰。讽刺的是,横梁的高度刚好可以将人吊起来。矢野在下面支撑着死者的尸体,用剪刀将绳子剪断。绑在横梁上的结和套脖子的绳圈都是单套结[①]。

尾羽年纪不小了,但从五官可以看出,她生前应该是个美

---

[①] 可以单手打的结,也便于松开。

人。把尸体放到床上，验尸官望月迫不及待地开始检验。小林刑警则到屋外去寻找线索了。矢野来到正在门周边调查的大槻警部身边。

据发现尸体的几人提供的证词，现场当时处于密室状态。这个房间只有门和窗户可以进出，而当时门窗都从里面上了锁。大槻警部应该是在确认锁的状况。

"什么痕迹都没有。"

大槻警部的语气依然谨慎。矢野猜测，他刚刚是在调查有没有从外面通过工具将房门锁上的痕迹。

"没问题吗？"看着锁舌扭曲的门，矢野只能如此回复。他在搜查课的经验还不足，给不出什么有建设性的意见。

这是种简易门锁，转动门上的旋钮即可上锁或打开。转动九十度，锁舌会进入防撬销孔，门就锁上了。因破门时的撞击，那部分金属已经弯了。调查弯曲的方向也没有发现任何蹊跷。

"也没有打入铆钉的痕迹，门框和门可以说是严丝合缝。"

这栋建筑里的大多数东西都是木制品，确认这一情况并不是什么难事。门和门的四周，里外都没有钉子留下的眼。

"看来没有用过工具。"大槻警部给出了结论。

"也就是说，就是正常从内侧锁上的吗？"矢野活动着门，在那里自言自语。

"还需要做更细致的调查之后才能有定论，不过目前看来应该是这样。"

说完，大槻警部走向窗边。这边需要调查的东西比门那边还要少。

拉开窗帘，刺眼的阳光照射进来，房间里一下变得明亮起来。窗户是那种以中间为轴可以转动的设计，被拉杆一样的东西锁着，非常坚固。大槻警部试着用手去推，也只是白费劲。而且就算完全打开，恐怕也没人能钻得过去。

"这边也没有异样。"大槻警部看了看窗外说道。

地面看起来很硬，没有留下足迹。

"锁的状况也没问题吗？"语气和刚刚一样，矢野没有随声附和，而是自言自语。房间是密室状态，还发现了遗书，这下自杀的可能性相当高了。

"从门窗都是正常从里面上锁来看，应该没错了。"

一向谨慎的大槻警部罕见地给出了定论。看来他相当有自信。

房间里还有鉴识科的工作人员在采集毛发等细小的证据。为了不妨碍到他们，矢野赶紧关上窗户。窗外青山延绵，万里无云。为了留下这片景色，矢野故意没有拉上窗帘。

随着现场搜证工作的推进，尸体也检验完了。矢野跟着大槻警部过去询问情况。

"要解剖之后才能提供详细的报告，不过就目前检查的结果来看，不是正常的吊死。"验尸官望月沉着脸，声音中带着几分犹豫。

"你的意思是说，不是自杀？"大槻警部问得很直接。

"请看死者颈部留下的勒痕，有两条，一条朝着斜上方，还有一条朝着脖子后方。"

之前缠在脖子上的绳子此时被稍稍松开。正如验尸官望月所说，触目惊心的瘀青有两条，分别朝着不同的方向延伸。

"相信二位也清楚，如果是自己上吊，勒痕不会呈现出这样的状况，应该只有一条朝着斜上方的勒痕。"

"你的意思是说，是有人先将她勒死，再将尸体吊在横梁上的吗？"

"我的意思是，有这个可能性。"验尸官望月没有断言。

"至少是一个有待商榷的点，对吧。"

"是的。根据皮下出血的状况来看，两条勒痕的产生时间非常接近。朝后的那条和被人勒死时会留下的痕迹一样，所以这极有可能是一起将他杀伪装成自杀的案子。"

"伪装吗……"说着，大槻警部开始调查绳子，仔细端详着绳结。

"这是……"

"死亡推定时间是今天凌晨零点到两点之间。解剖之后应该会得到更精准的时间。"

矢野点点头，将验尸官望月提供的信息记录了下来。大槻警部的注意力此时似乎全被绳子上浮现的小污渍吸引走了。

"还有，死者可能服用过什么药物。不知道是不是安眠药或镇静剂一类的……"

"杯子里的东西已经交给鉴识科了吧？"大槻警部回过神，指着桌子上的杯子。

"嗯，刚刚抵达现场的时候就立即采过样了。"矢野自信满满地回答道。

"这根绳子也请交给鉴识科吧。想拜托他们分析一下污渍的成分。"

"是。"

矢野剪下脖子位置的绳子，放进物证塑料袋中。交给还在房间里的鉴识科的工作人员，拜托他们进行化学分析。

"那我就先回去了。等解剖完，再把鉴定书交给你们。"说完，验尸官望月离开了现场。

大槻警部毕恭毕敬地低下头送他离开。

初步验尸的结果使得案件的风向大幅偏移。之前本以为是一起单纯的自杀案，现在却出现了凶杀案的可能性。

大槻警部面带愁容地走到桌边，盯着打字机的屏幕看。貌似是在重新确认上面的内容。

可就算再看一遍也不会改变。遗书中有两个重点，儿子意外身亡和尾羽还剩下三个月的寿命。如果这是事实，那么只有知道此事的人才能写出这样的遗书。

遗书存储在软盘里，不用考虑笔迹的问题。只要把内容输入打字机，登录一下就行了。而内容只要知道那两个事实就能写出来。伪造这样的遗书简直轻而易举。

矢野想到这里，内田警部补回到了房间。之前调查房间外面的小林刑警不知道为什么也跟着进来了。

"已经确认完毕，野崎去核实了。"

报告完，内田警部补把之前带走的软盘也交给了鉴识科的人，拜托他们鉴定上面文字的笔迹。

大槻警部把眼睛从屏幕上移开，转过身。他的表情很平静，之前的愁容已经消失。

"首先要确认标题栏里的文字是不是尾羽麻美写的。"

"能确认吗？"

"嗯。尾羽满做证说，那是他妻子的笔迹。那些朋友也都认同。"

听到这样的报告，矢野意识到，自己刚刚的假设并不成立。软盘里的内容任何人都能捏造，而现在得知，软盘上面的字迹的的确确是尾羽本人的。遗书这两个字和本人签名他人无法捏造。虽然鉴定结果还没出来，但要想模仿出能骗过好几个人的眼睛的笔迹，绝不是易事。

"字那么难看，反而更难模仿。"

"嗯……可为什么一定要模仿呢？"

"情况有变。"

大槻警部指着放在床上的尸体。将尸检报告在内的所有现场搜证结果巨细无遗地讲给内田警部补听。

"综上所述，这封遗书也有可能是伪造的。"

"原来如此，这下麻烦了。"

"字迹特征明显，歪七扭八的很难模仿。因为看起来扭得似乎又有一定规律……"

"这是有原因的。"

内田警部补说话时也指着尸体，然后慢慢取下尸体右手上的手套。

"尾羽麻美右手有残疾，是遭遇意外留下的后遗症。中指和无名指弯不了，不是死后僵硬造成的，是活着的时候就是这样。看，这里有疤痕。"

仔细一看，两根手指上有类似烫伤的疤痕。可以理解身为女性的死者想要用手套把疤痕藏起来的心情。

"所以她才会把字写成这样。如果是天生残疾，会练习用左手写字，但她的残疾是意外造成的。"

得知原因后，矢野后悔不已。真不应该在不了解内情的情况下说别人的字丑。他丝毫没有歧视对方的意思，但如果这个人还活着，肯定会很伤心吧。虽说不知者不怪，矢野依然陷入了强烈的自我谴责当中。

"出于这个原因，尾羽无论走到哪儿，都会带着这台笔记型打字机。她写的字你们也看到了，应该是工作上必须要用到。因此，她会用打字机写遗书倒也正常。"

"原来如此。为了让别人明确知道那是自己写的，所以特意在软盘表面亲手写上了遗书两个字并留下了自己的名字。"

"是的。前提是，不是他人伪造的。"

大槻警部叹了口气。

"那关于遗书里面的内容呢——儿子遭遇事故和她本人罹患癌症的事？"

"嗯。关于她儿子遭遇意外的事很容易就得到确认了。所有人都知道，连核实的必要都没有。"

内田警部补的语气中充满自信。

"'所有人'是指在这里聚会的人吗？"

"对。不只是他们，死者的同事基本都知道。因为事情就发生在半年前。"

发生这种大事，肯定会通知关系亲近的人，在区政府也传开了吧。一般来说，得知消息的人都会去守夜，参加葬礼。

"听说是在初春和女朋友游湖的时候发生了意外。啊，不是指尾羽，是她儿子的女朋友①。正如遗书中提到的，二人坐上小船就再也没回来。被发现的时候已经是两具尸体了，详细的经过不得而知。"

"和女朋友双双溺毙吗……"

"据说是一对令人羡慕的金童玉女，失去儿子的第一个礼拜，尾羽天天都是以泪洗面，也就是在休丧假期间一直是那个状态。当时尾羽整个人非常消沉，有一个多月的时间除了工作就是把自己关在家里。"

"独子吗？"

---

① 日语中"她"和"女朋友"都用"彼女"这个词来表示。

"是的。说是过了三个月左右尾羽才肯出门,参加同学会一类的,逐渐恢复了原来的状态……"

"就在这个时候,她得知自己得了绝症?"

大槻警部的声音在房间内沉闷地回响着。在场的人都陷入了短暂的沉默。

在这个节骨眼儿得知噩耗,会产生自杀的想法也实属人之常情。还没有走出日夜嗟叹的日子,又得知自己病魔缠身,想要抛下一切一死百了的心情不难理解。

"这件事还没得到确认。"过了一会儿,内田警部补低沉的声音打破了沉默。

"你是指哪件事?是死者得知噩耗的时间,还是死者是不是真的得了绝症这件事?"

"两件事都还没有确认。"内田警部补挠着眉毛。

"也就是说,尾羽麻美只剩下三个月寿命这件事,连她的丈夫阿满都不知道,对吗?"

"是的。连她丈夫都不知道,别人就更不可能知道了。"

大槻警部看着天花板,呼地吐了一口气。"那就是只通知了她本人。"

"尾羽的工作能经常接触到医生,其中也不乏私交好的。大概是在诊疗的时候发现了什么端倪,逼着对方把实情告诉她了吧。"

"原来如此。"

和一般的情况相反,不过既然与医生是朋友关系倒也正常。尾羽的病情从表面上看不出来,如果她请求医生,不要将这件事告诉丈夫,想着这是朋友最后的请求,医生也只能勉为其难地答应。

"总之，问出与死者关系密切的医生，让野崎排查一下。应该很快就能查到。"

"嗯。通过解剖应该也会得到末期胰腺癌的报告。"

"发生在湖里的那起意外也核实一下吧。小林，拜托你了。"

内田警部补迅速下达了命令。始终默默听着的小林刑警应了一声便冲出了房间。

"不过既然连死者的丈夫都不知道，这封遗书应该就是尾羽本人写的吧。"房间里只剩下他们三个，矢野第一次说出了自己的想法。

"理由是没人知道她生病这件事吗？"

"是的。"

"但至少医生是知道的吧。"内田警部补马上提出了异议。

"你的意思是，如果是杀人案，那凶手就是那名医生？"或许是不满内田警部补突然插嘴，矢野的话里带刺。

"我没那么说。"

"那你觉得是谁？连她丈夫都没说，她还能告诉谁？"

"有可能是关系要好的女性朋友？对总是很照顾自己的好闺密应该更容易说出口吧？或者是出轨对象。事实上的确有这样的情况，唯独不想让丈夫知道之类的。"

内田警部补反击的理由是矢野没有想到的，他哑口无言。内田警部补到底是干了这么多年调查工作的老刑警，考虑得要更全面。

"有可能偷偷告诉了某个人，但人数绝对不多。"大槻警部的声音很平静。

"排查一下尾羽的人际关系就知道了。只是不保证知晓的人会老实交代。"

"嗯。"

"关键是写在软盘上的字，鉴定结果还没出来，如果最后确认的确是死者的笔迹，那遗书就是真的。"

"关于这件事……我有个想法。"

大槻警部话音刚落，之前在客厅的喜多刑警走了进来。

"死者家里的留言录音已经核实过了，并没有在磁带中听到可疑的内容，和尾羽麻美说的一样。那边的同事说会把磁带带回去，让这方面的专家用精密仪器再听一下。"

"这样啊。"内田警部补点了点头。

报告完毕，喜多刑警便转身离开了房间。

"磁带，什么磁带？"大槻警部一副很有兴趣的表情慢条斯理地询问道。

"之前询问尾羽满的时候，他说了一件有意思的事。于是我就让他们去查了一下。"

"哦。"

"他说从昨天开始就觉得自己的妻子不对劲，总之就是有些奇怪。当我问他具体有什么体现的时候，他就提到了电话和传真。"

"电话和传真吗？"

"对。说他妻子早晨接到横山典子发来的传真时，脸色铁青。之后又听了某通电话留言之后，整个人就变得神情恍惚。"

大槻警部露出终于明白前因后果的表情。矢野也明白内田警部补所说的"有意思"是什么意思了。

"传真可以直接看，但磁带里录下了什么，尾羽满根本不得而知。所以他希望我们能尽快调查他妻子说的是不是真的。"

"那还真是想什么来什么。"

"是啊。他妻子当时说，是山下健二的留言，通知她因为工作要晚点到。尾羽满怀疑他妻子在骗他，觉得他听不到，就随便编了个对象和内容。"

"的确有这种可能。"

"嗯。他说家里的钥匙就贴在邮箱背面，可以随便进，催我们尽快调查电话的事。于是我们当场就打电话让人去查了。"

"这么轻易就拿到钥匙了？"

"据他所说，以前他妻子曾经弄丢过钥匙。当时他就睡在房间里，但因为他是聋人，所以不管妻子怎么敲门或是在窗边叫喊，他都听不见，自然不会去给妻子开门。自那之后，二人就决定把钥匙放在那里了。"

大槻警部轻轻点了点头。"确认了留言后，发现和尾羽麻美说的一样吗？"

"是的。我最初还以为那通电话留言就是促使她决定自杀的关键呢。"

"那就奇怪了。如果真是这样的内容，她为什么会神情恍惚呢？"

"如果是他杀，那么这也将会成为一个重要的点。"

听到内田警部补说"他杀"，矢野突然想起了那个尚未解决的问题。

"我觉得不太可能是他杀吧？如果是的话，当时门窗都上着锁这件事要怎么解释？调查过房间后并没有发现什么可疑的地方，不是吗？"

大槻警部保持着柔和的表情，慢慢点了点头。"是啊。接下来只能通过询问所有目击者来调查真相了。多问几次，确认他们的证词是否有矛盾的地方。"

"还有软盘标题栏里的字。"没有得到正面回应的矢野有些赌气地说。

"嗯，对。我是在想，问问那些人尾羽麻美有没有在写小说。"

"小说？"

"对，也不仅限于小说，随笔、诗歌，和创作有关的都可以。"

听罢，内田警部补恍然大悟似的点了点头。矢野则搞不懂大槻警部是怎么想的。

"那就走吧。"

大槻警部率先起身离开了房间。看着二人的背影，矢野意识到，自己还差得很远。

† 

村上给单位打去电话，询问今天的工作情况。身为副馆长，就算在休假也要和单位保持联系。毕竟如果出了什么问题，她是要担责的。万幸今天没出什么事，只有一名职员因为身体不舒服早退了……

在感觉到有人轻轻拍自己肩膀后，阿满才意识到，自己刚刚一直盯着村上的嘴唇解读着她所说的内容。自己的感觉不知道为什么似乎变得更加敏锐了，平时觉得过快的嘴部动作，自动输入大脑并完成了解读。

"您还好吗？"长谷川眯起本就小的眼睛，担心地问阿满。

就算不知道他具体说的是什么，从表情也能感受到他的关心。

阿满点了点头，想要开口说些什么，却有心无力。

时钟的指针即将指向六点，警方的问话三十分钟前才结束。阿满很想尽快离开这种地方，身体却不听使唤，他已经筋疲力尽了。

随着时间的流逝，麻美的死所带来的打击似乎也没那么大了。阿满安慰着自己，只是再也碰触不到当初没能碰触到的东西罢了。麻美的内心有一道紧闭的大门，是阿满无法踏入的领域。特别是在失去心爱的儿子后，这个情况就变得更加严重了，阿满甚至觉得，麻美是独自在为了儿子的死而悲痛欲绝。

或许从那个时候起，阿满就在潜意识中预感到了这件事情的发生。虽然还不能重新振作起来，但他已经能够平静地接受麻美的死了。

只是警方的询问让他的身体疲惫不堪。单方面的质问根本就是在浪费时间，关于房间是否上锁的问题就问了好几遍。还问自己麻美是不是在搞创作这类莫名其妙的问题，真不知道他们是怎么想的。问了问录音电话的事，也不知道他们是不是真的调查过了，只说和麻美当时说的一样。态度倒是挺好的，但没有手语参与的长时间对话，给阿满的肉体增加了很大的负担。

村上打完电话，回到了自己的座位。接下来是长谷川，他从座位上离开，同样给单位打去电话。他是区政府的课长，要解决的事肯定比图书馆多多了。阿满经常因那些人冷漠且高高在上的态度而感到愤怒。

樱木借长谷川的车去银行了，说要去取钱。问话刚刚结束，采访的记者尚未抵达。为了不让媒体发现自己是从这里离开的，樱木用墨镜一类的道具乔装改扮了一番。虽然演员的工作处于暂停状态，但杀人案足以引发话题。一旦知道樱木也牵涉其中，媒体肯定会像蜜蜂见了蜜一样，蜂拥而至，大肆报道。

就在这时，村上拍了拍阿满的右臂，她发现阿满在胡思乱想。这个时候无事可做会让人陷入痛苦。要是有点事做，就能全身心地投入进去，没时间胡思乱想了。阿满此时很羡慕村上和长谷川，虽然被工作所束缚，但至少还有给单位打电话这件事可以做。

"你能教我手语吗？"大概是想帮阿满分散注意力，村上用手语提出这个请求。

读唇语让阿满很是疲惫，但不代表他不喜欢交流。

"最近工作怎么样？"

阿满选择了普通的话题。对有些基础的人来说，通过对话学手语会更有趣、更有效率。

"忙死了，每天都忙得四脚朝天。"

"很晚才能回家？"

"那倒不至于，就是休息的问题。星期一是闭馆日，星期六和星期日都要上班。赶不上和家人、朋友一起休息，麻烦得很。连孩子的运动会都参加不了。"

不知道怎么用手语说的部分，村上就用口型和指语补充。阿满则细心地为她讲解。之前因为麻美在，所以村上比较客气，其实她的手语水平相当高。图书馆举办的讲座她肯定很认真地参加了。

"在中央图书馆工作的时候，下班很晚。因为那里晚上九点才闭馆。虽然分成了早班和晚班，但身体吃不消。睡眠时间和吃饭时间都是乱的，把身体都搞垮了……"

话说到一半，村上的视线不知为何突然移开了。顺着她的视线转头看过去，玄关的门被打开，走进来一个陌生人。

那个男人手上拿着报纸和超市的塑料袋。村上和阿满打了声招呼站起身,走向玄关。

刚好打完电话的长谷川接过晚报,回到座位上。长谷川把报纸递过来时,阿满瞥到了上面的日期,是十四日,也就是今天的日期。

阿满没心思看报纸,虽然长谷川再三推荐,他还是摇头拒绝了。正想把报纸丢到一边,突然发现角落堆着一堆报纸,最上面是今天的早报,整齐地叠放在那里。阿满将刚送来的晚报也放到了那无人问津的报纸堆上。

光是想到上面可能报道了麻美的事,心里就发堵。自己正在心中一点一点消化这次的事,要是看到那些完全不考虑他人感受的报道,恐怕又要心乱如麻了。

村上抱着超市的袋子回来了。看来男人只是跑腿的,送完东西便转身离开了山庄。

"是我拜托别墅的主人送来的。刚刚那个人是他的朋友,就住在这附近。"

村上边说,边将看起来有些分量的袋子放到厨房。据村上说,这是早在之前就跟别墅的主人商量好的,不需要他们自己出去买东西,只要打个电话,第二天就会有人把需要的东西送来。报纸也是提前拜托过的。因为这附近什么都没有,而他们又要在这里住上几天,不这么安排就太不方便了。

回到这边的时候,村上坐到了另外一个位子上。如果桌子是四方形,他们三个现在的位置就是各自占一边。

"你们刚刚在用手语聊天吧。"长谷川说话时夸张地动着嘴唇。

"村上太太说了说她工作上的事。"

阿满说话时特意加上了手语。这样有点难为长谷川，但之前在问话的时候读了太久的唇语，阿满已经累了。

"这样啊。可惜我不会手语……"

大概是猜到了阿满的想法，长谷川的脸上带着歉意。实际上只凭唇语对话是有极限的。

听力健全者在说话时不需要用到眼睛。就算出于礼貌会看着对方的脸，也很少会一刻不离地盯着对方。而在进行唇语对话时，必须集中精力，始终看着对方的嘴唇。即便是手语，时间长了也会累，更何况是动得更快的嘴了。

而且还会引起对方的反感。被人那样盯着看会觉得不好意思。如果是恋人还好，平时聊天的时候，也会适时移开视线。很多人都不习惯在说话时始终被人盯着脸。

如果是平时的阿满自然不会表现出这样的态度，就算再累也绝对不会拒绝与人对话。因为他认为，要想让更多的人加深对残疾人的了解，交流是必不可少的。不通过交流就想让别人对自己感兴趣是不可能的。

但今天的情况特殊。麻美自杀了。警察来了之后阿满被拉去回答一些莫名其妙的问题，而且还是长时间、反复问。现在的阿满不仅仅是身体上的疲惫，而是心力交瘁，没有余力去顾及别人的感受了。

这个瞬间，阿满想离开，想尽快回家。继续留在这里就会像刚刚那样伤害他人。自己的伤口也会越来越大。

想到这里，阿满站起身。与此同时，樱木从玄关走了进来，手里摆弄着车钥匙，但当他看到阿满，轻快的动作瞬间停止。

"原来ATM机一过六点就会自动收取手续费。"樱木摘下墨镜，有些不知所措地说道。

他的表情很复杂，就像是在说，应该跟阿满主动搭话，但又不知道说什么好。

"钥匙先放我这儿吧，回去的时候也是我开车吧？"接着，樱木转而对着坐在那里的长谷川，边展示着手里的车钥匙边如此说道。

大概实在不知道跟先是中年丧子，之后妻子又自杀的男人说什么好吧。

"好，那就麻烦你了。"

樱木之前说过，他是和长谷川还有村上三个人一起来的。车是长谷川的，樱木是司机。

"那我们走吧？"

看来想回去的人不只是阿满。虽然用的是疑问句，但长谷川已经准备站起来了。

"我、我不要。我不会和你们一起回去的。"

当阿满看向村上的时候，她的嘴唇正激烈地如此说着。村上将头扭向一边，全身都在表示着拒绝。

"为什么？"

"为什么？这、这不是明摆着吗？因为你们两个之间有一个是杀人犯啊。"

"杀人犯？"

二人的对话太快，阿满感觉头都要晕了，就像是在看快放的乒乓球比赛。

"警察也问你们了吧？他们怀疑是他杀，否则为什么要揪着门窗的锁和软盘的事问个不停啊。"

读到他杀这个词，阿满突然觉得热气上涌，五感变得异常敏感。这或许就是突破身体极限的感觉吧。原本语速很快的村上的话，非常顺畅地流入了眼睛里。

"密室一类的，只要使用推理小说里的诡计就能制造出来。遗书是用打字机写的，这个凶手也能轻易捏造。"

不可能。阿满反射性地给出了否定答案。遗书的内容完全就是麻美的口吻，一个字都没提到阿满，也没有多余的客套话，甚至没说是写给阿满的。对麻美和阿满来说，这样才正常。这么做反而能让阿满轻松一些，减轻他的心理负担。

"据我猜测，麻美是在用打字机写小说，标题肯定是'遗书'，所以她才会在软盘的标题栏里写上这个标题和自己的名字。这是绝对有可能的吧？凶手利用那张软盘，删掉保存在里面的小说，然后输入遗书的内容。麻美情况特殊，大家肯定都觉得她会用打字机留下遗书也正常，再加上软盘上有她亲笔写下的'遗书'字样，所有人都会相信那就是她本人留下的。"

阿满没有刻意去读村上的嘴部动作，但她要表达的意思清晰地传递到了阿满的大脑中。只是她说的内容令阿满无法接受。

自己好不容易才鼓起勇气去面对麻美自杀这个事实，现在又突然告诉自己，麻美是被什么人杀死的，他该做何反应？村上的意思是说，有人勒住麻美的脖子，把她吊在了天花板的横梁上？村上正在详细地说明凶手杀人的手法，可自己从来没拜托过她解释给自己听。

阿满如坐针毡，几乎是跑着回到了自己的房间。他什么都不想，只想回家。他收拾好行李，穿上挂着的外套，把铁丝衣架直接塞进包里。

好像有人走进来了，阿满不想去理会。只要不去看，就不知道对方在说什么，也不会感受到对方的情绪，只要坚持到最后就什么都不用管。阿满不想让别人可怜、同情自己。他不是不能接受麻美的死，只是不想忍受不顾及自己感受的对话。

麻美把车钥匙给自己之后，就一直放在口袋里。其余的行李等回去之后再让人寄到家里就行了。总之，阿满只想离开这里，尽快远离这个地方。

阿满拿上自己的行李，快速朝着玄关走去。没有与任何人打招呼，径直冲出了山庄。

## 间　奏

　　看完第一章，樱木重重叹了口气。原稿的内容并没有唤醒他失去的记忆。

　　这不是笔录或报告书那样的客观性资料。看完之后才发现，这是一篇小说。信上说写的都是事实，却没有证明这不是文学创作的证据。单单看这篇原稿，根本无法确认里面所描述的内容究竟是否属实。

　　不过一些细节正如上面所言。

　　例如，樱木的本名的确是"刚毅"。开设剑道馆的父亲希望能把他培养成古代武士那样的男子汉，于是给他取了这个名字。

　　后来拍电影出道的时候改成了和己。因为"樱木刚毅"这个名字听起来像个伟大的军人，和他的形象相去甚远。不管是发音还是那两个汉字，都显得过于粗犷，会破坏他柔美的形象。于是樱木接受别人的建议，选择了"和己"这个有些女性化的名字。

　　因此，在当演员前，朋友们都用"刚毅"这个名字称呼樱木。那些同事会脱口而出也很正常。

　　针对那些同事的描写也与樱木了解的一样。村上年轻的时候就像个大妈，喜欢聊天和照顾人。长谷川的性格与他的体格相反，谨小慎微、温和善良。戏份比较少的尾羽以及只出现名字的横山和山下也与樱木记忆中一致。虽然如今大家年纪都大了，但完全没有违和感。

长谷川是所有人中年龄最小的,所以说话的时候必定会用敬语,这一点也是事实。每次有人叫尾羽作"尾羽太太"的时候,村上的确都会开玩笑似的说"是在叫我吗"。这些并不重要的细节与过去的事实完全吻合,没有一点创作的痕迹。

那个案子又如何呢?真的是忠于现实,没有做任何加工吗?樱木只知道在那座山庄里发生了连环杀人案。由于他主动屏蔽了所有信息来源,所以关于详细的状况他可以说是一无所知。

例如,描写警方调查的那部分提到的每一样证据都是实际存在的吗?暗示那是一起他杀案的勒痕、打字机打的遗书、可疑的留言电话。谁能证明,这些绝对不是为了陷害一无所知的樱木而故意捏造的线索?

樱木想确认。他想知道,书稿中所描写的那些细节是否真实。

翻阅过去的报纸能调查出那些内容是否属实吗?咨询熟识的杂志记者能得到核实吗?

答案是不能,如果只是案情梗概应该不难,但如此细节的内容恐怕不会刊登出来。因为警方能透露给媒体的内容是有限的。只有与那起案件有直接关系的人才能知道得如此详细。有些东西如果不是当时发现尸体并接受过警方询问的人,是接触不到的。

可樱木又不能直接问长谷川或村上。虽然自己已经不记得了,但他们当时应该在场。要是贸然问"当时你们是不是跟我在一起",肯定会以为自己在开玩笑吧。

要是告诉他们,自己失忆了,又会引起对方的怀疑。而且想要确认的内容太多,在得知自己已经失忆的情况下,根本无法委婉地从他们口中打探消息。不管怎么说,想要从这两个人身上获取情报是不可能的。

话虽如此，樱木更没有胆量去问警察。因为自己或许真的是杀人犯。他没勇气做这种相当于自己往坑里跳的无谋之举。

那么也只能看下去了。樱木在心中默默告诉自己，这就是一篇小说而已……

虽然已经没有了当初的记忆，但有一个场景让樱木印象深刻。就是发现尾羽的尸体后，小说中的樱木默默地呆立在那里，盯着吊在天花板横梁上的尸体那段。

这么说并不是因为樱木记得，只是隐约感觉与脑海深处的某个片段有所呼应。樱木努力回忆着，可那个片段就像是天上的云，想伸手去抓却又什么都抓不到。这种感觉让他非常恼火，同时又挥之不去。

长长吐了一口气，又甩了甩头，樱木决定不再想下去了。拿起第二章的原稿继续看了起来。

## 第二章 第二案

在山庄迎来了第二个夜晚。黑暗仿佛连声音都一起吞没了，整座山被可怕的寂静包裹着。

关好客厅的窗户，村上回到俨然已经变成掘式被炉的圆桌旁。外面的冷空气帮助几人冷静了下来。

"不行，好像不在家，转到留言了。"

长谷川一脸无奈地放下话筒。已经不记得这是第几次打电话了，始终联系不上。

"之前说工作太忙，会晚两天到，可那也不应该不接电话啊。"

村上边叹气，边抱怨自己倒霉。她现在的情绪与之前的兴奋完全相反，是消沉的。

警方并没有封锁山庄，所有人还是一致决定应该取消这次聚会。在相互猜忌的情况下度过漫漫长夜，绝不是什么愉快的事。

可还有人因为工作没到，总不能无缘无故地就让人家回去。必须有人把事情的原委说清楚，通知他们聚会取消了。老好人长谷川主动担负起了这个费力不讨好的角色。

"没人接吗？"

樱木露出电视里曾看到过的表情，嘟哝着。很多年没见，他的样子变化不大，和年轻的时候差不多。

"是啊，总不能留言说'这里发生了命案，聚会取消了'吧。"

这种事的确只能直接传达。在录音电话里听到同事的死讯，心里肯定会不舒服。而且就算留了言，也不知道对方会不会听。看来今晚是回不去了，村上基本上已经放弃了。

"山下那边也联系不上吗？"樱木的语气很平静。

"正打算给他打。"

"打了几次了？"

"没数……因为一直没人接。"

"还在工作吗？"

"大概吧。毕竟他的部门忙得要死。"说着，长谷川按下号码键。

耳边传来熟悉的音色，"哔啵吧"的声音听起来就像一首曲子。

今年刚当上财务部长的山下有自己的办公室，电话也是专线。因为是直接打进办公室，所以如果他本人不在，就不会有人接听。这也是考虑到他将来当上部长后，会有很多高度机密的电话打这条专线。这自然是一个小小的图书馆副馆长享受不到的优待。

这是仕途至上的山下收获的阶段性成果。他是个真正的工作狂魔，据说他的口号是"即便是业务量最少的时候，也要坐末班车回家"。为了当上领导，他甚至还兼任着工会的执行委员。通过这件事，没有晋升欲的村上深深体会到了二人在价值观上的差异。

"这边也联系不上。"长谷川举着话筒，说话间还叹了口气。

"没接吗？"村上也隐约听到了从话筒那边传来的忙音。

"大概不在办公室吧。"

"也有可能是太忙没时间接吧。再或者是正在来这里的路上。"

"来这里的路上，吗……"最后的语气词说得含混不清，长谷川把话筒放了回去。

"给第一财务打电话，或者打到家里确认一下呢？"

村上嘴上说着提议，其实已经死心了。既然联系不上那两个人，他们就不可能取消聚会，直接回家去。

"也只能试试看了。"

长谷川试了很多办法，还是没能联系上山下。脸上带着放弃的表情，回到了圆桌这边。

"怎么办？"

樱木皱起好看的眉毛，用低沉的声音询问二人的意见。随着年龄的增长，皱纹也爬上了这张英俊的脸庞，但反而为他增添了成熟的魅力。

"还能怎么办，只能留下来等呗。又联系不上那两个人。"

"可是……"

"总不能不通知他们一声就回去啊。我是这次的召集人，必须对他们负责。"

"好吧。"

樱木没有舒展眉头，把目光投向长谷川。看来是打算询问车主的意见。

"我恨不能立马就出发，不过……"

被对方的视线所震慑，长谷川把后半句话咽了回去。他的声音和外貌完全相反，有气无力。

"但现在发生了杀人案啊。"樱木用与自己那张脸不匹配的严厉口吻提出反驳。

"对，发生这种事谁都想尽快离开。可山下先生此时可能正在往这里来的路上。"声音虽小，长谷川还是清晰地陈述了自己的意见。

"留在案发现场太奇怪了吧？"

这是面对紧急事态时极为正常的判断。对樱木来说还存在着另外一层意义，那就是远离媒体，明哲保身。

"嗯，只要联系上他们，我也想尽快离开。"

"还是要联系吗？"

"是的。现在关键不就是联系不上吗？聚会自然要取消，但必须先通知他们，否则我不能走。"

"事后解释一下，他们会理解的。"

"我是在想，如果是我，到了之后发现一个人都没有，会做何感想呢？一想到那种心情，我觉得还是等他们都到了，然后一起回去比较好。"

长谷川很少会这样坚持己见。平时他总是牺牲自己去顾及别人的感受。

看到他如此真挚的态度，樱木妥协了，表示明白地点了点头，不再言语。

在这种特殊情况下，就算直接转身离开，也不会有人说什么。但既然还有办法联系上对方，村上还是选择留下。

"接下来怎么办？已经这个时间了，要不要吃晚饭？"

之前本打算联系上那两个人就回家的，所以几人还没有吃晚饭。关键也没心思吃，还没从发现尸体时遭受的打击中缓过神来，紧接着就接受了警方的问话，大家都很疲惫。

"嗯，是啊。"

樱木整个人靠在垫子上，似乎没什么兴趣。他原本吃得就少。

"对啊，还没吃晚饭呢。"

长谷川的态度与樱木形成鲜明对比，开心地站起身。从体形就能看得出来，他对吃很感兴趣。

虽说最近在控制糖尿病，不过长谷川不仅喜欢美食，也喜欢喝酒。还曾经沉迷赌博，所以年轻的时候身边的人经常开玩笑地说，他的人生只有三件事：喝酒，打牌，吃饭。

"随便弄点儿就行。"

村上刚围好围裙站到厨房，就听到了樱木的嘱咐。她怀疑是自己的耳朵出了问题，回头看向身后。

他们这代人基本都默认"男主外，女主内"，而樱木更是其中的佼佼者。只不过，他不是从男女应该在生活中担任不同的角色这个角度出发，而是基于根深蒂固的男尊女卑思想。

樱木父母的关系相较于夫妻，更接近主仆。除了时代因素，主要的原因是两人年龄差距比较大。

樱木的父亲就像古代的剑豪，认为男人就该像个男子汉，从他给樱木取"刚毅"这个威武的名字便可见一斑。而樱木的长相似乎遗传了母亲，面部线条有着女性的柔美，一点也不像个男子汉。他父亲因此看他不顺眼，经常无缘无故地殴打他。

与生俱来的性格和外貌一样，不是轻易能够改变的。若是强行更改，必定会出现偏差。

但樱木的父亲却认为，那种东西完全可以通过教育来矫正，至少要改变气质。因此樱木从小接受的就是彻底的男子汉教育。男尊女卑思想也是在那个时候被灌输的。一旦得知樱木和女孩玩或是接受女孩的拜托，给对方帮忙，他父亲就会二话不说狠狠将他踹倒在地。

村上曾经在樱木身上看到过那种扭曲。虽然他经常摆出一副轻蔑女性的嘴脸，但有的时候又能从他身上感觉到完全不同的态度。

所以村上完全没料到樱木会说出这样绅士的话，她一边做饭一边胡思乱想。如果是以前的樱木是绝对不会说出这种话的。

看来随着年龄的增长，他圆滑了许多。樱木和其他参加这次聚会的人不同，是真的很久很久没有见过面了。二人在工作上没有交集，之前的老同事聚会樱木都缺席，所以根本没有见面的机会。人的本性虽然不会变，但能够改变认知也是值得开心的事。

有没有可能，这句体谅人的话背后其实包含着对女性的憎恶。或许他对职业女性抱有敌意，为了掩饰才故意说些体贴的话？

村上极其想知道樱木到底是怎么看待管理层女性的。因为樱木曾经是一个完全无法理解不在家好生伺候丈夫，外出工作的妻子的人。

刚刚那句话或许没别的意思，但眼下发生了杀人案，那就不得不揣摩一下更深层的含义了。被杀的是一位管理层女性，和自己是同样的立场。

推迟的晚餐十点多才结束。毕竟死了人，餐桌上的气氛很压抑，再加上相互猜疑，根本聊不起来。

"每天都早退，搞得我很头痛。可人家说身体不舒服啊，我有什么办法。"

村上尝试着聊一些职场上的话题，没人搭话。如果说早退的那个人是女性，樱木会作何反应呢？

吃饭时几人都喝了点酒，但没人想要把酒言欢。留在这里面面相觑未免尴尬，自然而然地就会想要回房间。

"啊，回房间之前有件事……您带电池了吗？"长谷川拦住准备离席的樱木，询问道。

"电池？"

"收音机的电池没电了。"

"收音机吗？"

樱木有些疑惑地眨了眨眼。村上以前就很羡慕他那像女人一样的长睫毛。

"是七号电池。"

经他这么一说，在等待警方问话的时候，长谷川一直在听收音机。大概就是那个时候用没电的吧。

"没带。一般出门旅行没人会带电池吧。"

"用电池的东西也没有吗？"

村上回忆了一下自己的行李，没有哪个是用电池的。她没把小闹钟带来，照相机用的也是锂电池。

"我就用一会儿，听完那个节目就还。"长谷川客气地小声说。

"可我想不到有什么是用电池的。电动剃须刀是充电式，吹风机则是直插式。"

"电视的遥控器里应该有吧？这座山庄应该不会只有客厅有电视，有些房间里应该也有吧？没看到遥控器吗？"

二人都没带电池，只能试着在山庄里找找了。这里没什么摆设，但电池总该有的吧。

"房间里的电视很小，是旧式的旋钮电视机。"

长谷川边说边从宛如掘式被炉的桌子里往外爬。胖到他这种程度，光是从那里爬出来就相当辛苦了。

"找找看吧？"

和他相比，樱木简直就是身轻如燕。动作看起来也是那么优美，上天果然不公平。

"多半不会有备用电池。"

"时钟、手电筒、录音机一类的里面应该有的吧。"

"可那些都不是用七号电池的东西。"

"你知不知道我们在为了谁找电池啊？"

听到村上有些严厉的口气，长谷川不再说话，开始默默找电池。长谷川这个人的确很善良，但遇事容易消极是他的缺点。

山庄本身不算大，也没什么公共空间，除了客厅、厨房和洗手间就没了。山庄的主人是村上的朋友，但那个人很少会住在这里，所以基本上没有准备生活用品。他们很快便找完了所有地方，看来这里真的没有电池。

"连录音机都没有。"

顺便找了找有没有能拿来听广播的东西，也没有找到收录机。无论是台式的还是便携的，都没有。

空着的房间也找过了，依然没有。大量活动过后，虽然排解了心中的不畅，但村上累了。

"算了。给你们添麻烦了。"

长谷川这个人做事向来很有条理，在旅居地也必须保持平时的习惯，否则就会浑身不舒服。但他也不会为了自己的坚持而破坏集体的和谐。

"抱歉，现在才说，我想听的其实是明天的节目。"长谷川面带歉意地小声说道。

"什么嘛，明天多半就能回去了啊。"

"怎么不早说。"

"不过为了以防万一，要不要写进明天需购物品清单里？"

万一到了早晨还联系不上他们呢。"

听到村上的提议，长谷川点了点头。今天他已经不记得打过多少次电话了。

把电池写进清单后，三人各自回了自己的房间。村上没有忘记从里面把门反锁。

很多年前朋友意外身亡那次，她也是怀着沉重的心情睡去的。这次比上次更恐怖，村上一边和恐惧感战斗，一边躺到床上。

†

第二天一早，村上像平时一样醒来。身体没有感觉到任何不适，房间里也没有发现异样。

换好衣服，拉开窗帘，今天也是秋高气爽，晴空万里的好天气。大概是空气足够干净，连山脊都显得格外鲜明。把窗户打开一条缝，冷风便趁机溜了进来。树木的清香让人怀念，村上贪婪地将空气吸入肺腑。

深呼吸后感觉整个人都冷静下来了，但转动门上的旋钮时还是会不安。有一瞬间，村上脑中冒出了一个无聊的想法，或许在拧开门锁的下一秒就会发生些什么。

而实际上当然是什么都没有发生，就只是发出很小的声响打开了锁而已。村上放下心来，拉开门走出房间。

昨天没洗澡，身上黏糊糊的很不舒服。但村上实在不想独自进入浴室，处于毫无防备的状态。

还是先去洗漱，然后准备早餐吧。村上开始烧热水的时候，伴随着咚咚声，长谷川从楼上走了下来。

"早。"

听到有人跟自己打招呼，长谷川先是一惊，然后才露出放心的表情回应着村上。他肯定也和村上一样，担心发生了什么吧。

"山下好像还没到。"

村上嘴上说着话，手上也没闲着，把几人的杯子摆好。

"是啊。我再去打个电话吧。"

"抱歉，把这种麻烦事丢给你。"

"没事。"

长谷川摆了摆手，朝卫生间的方向走去。没多一会儿就从里面传来了豪迈的喷嚏声。

村上正准备把牛奶弄热做可可的时候，樱木出现在了二楼。大概是为了方便做早操，他穿着青紫色的运动服。

"早。"

村上和刚刚一样打了声招呼，樱木回应时的表现和平时没什么区别。既没有表现出慌张，也没有表现出安心。像他这样的人，就算心中不安也能做到不表现在脸上吧。搞不好就连日常生活都是靠演技在维持。

"等到中午我们就回去吧？"

樱木边问边挽了挽运动服的袖子。他的右手中指上戴着一枚银戒指。

"中午？"

"对。就算山下是早上出发，中午应该也能到了吧？"

"嗯。要是到时候还联系不上的话。"村上含糊着答应了。

"总不能无休止地等下去。"

樱木丢下这句话，转身走向卫生间。长谷川这个时候已经回来了，急急忙忙跑到电视那边，调到NHK的早间连续剧频道。

"我平时都会看，已经养成习惯了。"

根本没人责备他，长谷川自顾自地解释了起来。他的胆子与体形成反比，很小。

村上煮咖啡的时候望了望窗外，没看到有人。那些像鲨鱼一样吃人不吐骨头的媒体也没有一大早就跑来蹲点。在接受完警方的问话后，樱木巧妙地隐藏起来，躲过了这场无妄之灾。要是他成了杀人案件的嫌疑人，那可是一大丑闻啊。

村上把红茶递给长谷川，过了一会儿，樱木也洗漱完回来了。挂在头发上的水珠反射着朝阳，闪闪发光。

村上把早餐摆上桌，又将客厅的窗户开了条缝。柔和清新的微风给餐桌带来了一抹绿色的香气。

看着袅袅升腾的热气，心也随之平和下来，让人回想起了与杀人案完全联系不到一起的日常生活。

"吃完早饭我就去打电话。"看完平时会看的节目，长谷川主动说道。

"嗯，拜托了。那要是等到中午还没到，要不要回去？"

樱木用勺子搅着可可，询问长谷川。今早起来一看，三个人都平安无事，并不代表可以就此放心了。

"是啊，毕竟都等了一晚上了。"

长谷川点点头，并陈述了理由，避免产生争论。虽然比昨天晚饭的时候好了许多，但气氛依然尴尬。

"身为组织者，最后以这样的形式收场心里肯定不舒服吧。"

"嗯，是有点儿。"

村上先后看了看二人，轻轻点头。好不容易才实现的计划就这么泡汤了，的确有些遗憾。

这次提出来玩两天的人正是村上。而契机就是在老同事聚会上得知了麻美的儿子在意外中丧生这个消息。

他们这七个关系要好的老同事组成名为"春眠会"的活动小组，曾经有事没事就会聚在一起，但自持田公彦去世后，就再也没聚过了。当初那么合得来的一群人，就这么疏远了，村上一直非常惋惜。

就在这时，村上听闻了麻美的遭遇，于是便想到把这些人聚集到一起鼓励麻美。还有一个原因就是她现在工作的地方与长谷川离得很近，这令她回忆起了当年那些开心的往事。

当然，以这样的理由组织聚会，只会增加麻美的心理负担，反倒给人家添了麻烦。所以鼓励麻美不过是借口，村上真正的目的是回到过去经常一起玩的日子，重拾旧日的友情。

就像是察觉到了她的这份心意，当村上联系他们时，所有人都表示很感兴趣。即便要在外住宿，繁忙的山下也没有提出异议，横山也是一样。而且不仅邀请到了麻美，还邀请到了她的丈夫。就连如今已经成为知名演员的樱木都来参加这次旅行了。

眼下却因为发生了这样的事而不得不取消，不自在的感觉和持田出事那次非常相似。这次还不是意外，而是杀人，就更难受了。村上很清楚，这次的事绝不是强盗所为，凶手就是他们中的某一个。

长谷川突然歪着头边想边说："话说回来，这真不像山下先生的风格啊。"

"你是指昨天他没按约定的时间到达这里的事？"

"对啊。他向来很守约的。"

"是不是没赶上末班电车，至少是没赶上公交？"

"可他以前做事从来都是规规矩矩的，所以我本以为就算再晚他都会打车赶过来。"

"证明他真的很忙。"

"是吗？"

长谷川嘟哝了一句，再次歪着头陷入思考。山下年轻时的确是个言出必行的男人。

"规规矩矩？我觉得用一丝不苟来形容山下那个人更贴切吧。"樱木插嘴道，眼神中满是怀念之情。

"是啊。他一直都很忙，却从来没迟到过。"

说话间，村上再次切身体会到他们真的太久没见过面了。那个曾经一丝不苟的山下或许也变了吧。

"我当初自己住的时候，山下曾去过我家，他走之前帮我整理了冰箱，说是冰箱里的东西没按照保质期的顺序摆好。"长谷川眯起原本就很小的眼睛，提起了往事。

"这是一丝不苟？"

"或者说是'神经质'？"

"根本就是好管闲事吧，别人家的冰箱怎么摆关他什么事？"

听到村上的话，二人的脸上终于露出了笑容。或许过去的趣事能让他们暂时逃避眼前的现实，所以才愿意聊这个话题吧。

"你们说有没有可能他其实已经到了，这个时候正藏在什么地方想吓我们一跳。"

"他有的时候的确像个小孩子。"

长谷川不停点头，看他的眼神似乎也想起了什么。

"那打电话之前要不要先到房间里找找看，看看他是不是真的在？"村上开玩笑似的说。不过那是不可能的，她也没有真的那么想。

"还是别了。"樱木摇了摇头，用低沉的声音制止了。

"为什么？"

"万一又发现尸体了呢？怎么办？"

村上扑哧笑出了声，说："怎么可能。"

"我觉得打电话联系，等到中午后就回家是最明智的做法。"

"刚毅，你会不会想太多了？"

"我只是不想再给自己惹麻烦了。"

经樱木这么一说，村上反而真的想确认一下了，她霍地起身，朝着给山下准备的位于一层的房间走去。

去那个房间就必须经过昨天发现尸体的房间，门上虽然没贴着封条，但自然是禁止入内的。因为平安度过了一晚，村上本来没那么在意了，暗暗在心中决定，就当是自己见了鬼。如今又想起那件事，总觉得心里不太舒服。

"我在胡思乱想些什么啊。"

打消心中不好的预感，村上从门前走了过去。同样的事怎么可能连续两天都发生呢。

长谷川大概是出于关心，跟了上来。樱木则打定主意绝对不掺和，坐在圆桌旁完全没有要起身的意思。

村上吐了口气，转动门把手。房门自然是没锁的，朝着内侧开了。

下个瞬间，村上闻到了一股酒臭味。昨天晚上来找电池的时候还没有这味道呢。

推开门，村上走进房间。眼前似乎有人蹲在那里。

"山下！"

脖子被勒住的山下张着嘴靠在床边，因充血而变成紫红色的脸与白色的绳子形成对比，显得更加鲜艳了。因为穿着西服，尸体看上去极为不协调。山下整个人呈现出的样子一目了然，他死了。

"不、不好了！"

村上连正常的声音都发不出来了,一屁股瘫坐在地。就算把眼睛从尸体上移开,山下那张因被绳子勒住而憋红的脸依然在脑中挥之不去。

"真的,被,杀了……"

长谷川的牙不停打战,断断续续说出这句话。他的腿也在抖,抖得很厉害,甚至通过地板传到了村上这边。

村上双腿发软,想站却站不起来。转过身背对着山下那凄惨的样子已经用尽了她所有的力气,连求助的余力都没有,就只能坐在那里。

†

"死因是颈部受到压迫导致的窒息死亡。推测已经死亡十三到十五个小时了。"

经过一系列的检查过后,验尸官望月给出了自己的诊断结果。矢野为了防止忘记,将这一信息写在了笔记本上。

"死了十三个小时,那就是夜里两点遇害的,对吧。"大槻警部掰着手指头算了算。

"对。死亡推定时间是凌晨十二点到两点之间吧。"验尸官望月口齿清晰地回答道。

"也就是勒死吗?"

"是的。眼睑结膜有瘀点性出血,面部呈青紫色。可以断定是勒死的。"

看来这是一具很容易判断死因的尸体。因为向来都很慎重,总会说上一句"在解剖之前不能断言"的验尸官望月当场就提供了这么多信息。

"尸斑一类的有异常吗？我的意思是，尸体是否被移动过？"

"没什么异常。从尸体的状况可以判断出，人就是在这里遇害的。"

"这样啊。"

尸体基本位于房间中央，背靠着床沿坐在那里。姿势大概是被勒死之后形成的，但毫无疑问，被害人来到这个房间时肯定还活着。

"另外，被害人曾被人下药，大概是安眠药一类的。"

尸体上没有抵抗的痕迹，由此可以推断出这个结果。矢野开始担心这起案件是否与昨天那起有关。

"那就是把药下在了这瓶威士忌里吧。"一直默默听着的内田警部补指着酒杯说。

气派的桌子上放着一整瓶威士忌和酒杯。

矢野赶紧回复："已经交给鉴识科了。"

"确定药的种类后，请尽快通知我们。如果是巴比妥酸类安眠药的话就极有可能是连环杀人案。"

昨天那起案子中的安眠药种类已经查明了。药名太绕，不看笔记根本想不起来叫什么。

"这样吗，那解剖结果我也会尽快提交给你们。"

听明白了内田警部补的言外之意，验尸官望月笑着说完，便提起包离开了现场。

"绳子看起来差不多。"

大槻警部摸着被害人脖子上的绳子。颜色、粗细、材质都与昨天那起案子中使用的绳子非常相似。

"外观看起来是一样的。"内田警部补蹲在尸体的另一边检查绳子。

"这应该是棉绳吧。手感也一样。"

"哦,这是一根直径约一厘米,采用扭编编法的绳子。我记得这种绳子有个正式的名称,叫'双绳扭编'。"

矢野说完,内田警部补朝这边看来。矢野曾经参加过童子军,对绳子多少有些认识。

这个粗细的绳子,严格来说应该称作细绳,但又与传统的细绳构造不太一样。扭编绳是以一根纤维作芯,采用同种材质的线包裹着芯进行编织,两股的就叫双绳扭编。与用三根小绳捻出来的绳子不同,不会缠在一起,所以用起来很方便。

"哎呀,这里也有污渍。"

大槻警部手指指的地方有一部分稍稍变黑了。因为绳子是纯白色的,而且很干净,所以污渍才显得更加清晰。

"和昨天那起案子的情况一样。"

内田警部补嘴里嘟囔着,眼睛里射出锐利的光芒。如果在凶器上找到共同点,就会大大提高这两起案件是同一个凶手犯下的连环杀人案的可能性。

"拜托鉴识科,除了确定绳子的种类,顺便分析一下这上面的污渍。"

"好。不过我想先提醒一下各位,凶手也在这名死者脖子后面打了绳结。"

搬动已经僵硬的尸体,被床沿挡住的后脖颈就露出来了。的确有个绳结。

"矢野,能麻烦你过来看一下吗?"

为了确定打的是什么结,大槻警部让开位置。矢野在当童子军的时候,学会了好几种绳结的打法。

"和上一起案子一样,都是单套结。"

矢野只看了一眼便坚定地给出了答案。因为单套结可以说是户外运动中会用到的最基础的结，不仅打法简单，应用范围也很广。

"活结可是我的拿手好戏，死结则完全不行。"喜欢魔术的大槻警部苦笑着说。

为了学习魔术，他曾练过打"假结"，但不需要真的打结。

而实际上有很多人不知道一些简单的结怎么打。毕竟在日常生活中只要会打蝴蝶结就够了。

"和昨天的一样吗。"

说完，内田警部补的眼睛更亮了。这个结也会成为标志着两起案子是同一凶手所为的特征。

"这么做是为了不让绳子因松懈而从脖子上滑落吗？"

凶手用绳子在被害人脖子上绕了好几圈。之前为了验尸剪断了两根，剩下的已经勒进了皮肤。单套结在强度这方面是值得信任的。解开虽然不难，但无论怎么拉扯绳圈都不会松懈。

"是的。这种绑法根本挣不开。所以登山时都会打这种绳结来固定登山绳。"

"登山也会用到吗？"

"是的。除了坚固耐劳，能单手打成也是它的优点。"

"很方便啊。"

"嗯。所以用途也很广，并不仅限于登山，露营一类的也经常会用到。另外从名字也可以看出，这原本是用来系船舶缆绳的结①。"

"用途广，也就意味着会打这种结的人很多，对吗？"

---

①单套结的日文写作"舫い　び"，"舫い船"就是把船系在岸上的船的意思。——译者注

"是的。"

凭这种常见的结无法确定凶手的职业。只要有那个心，在任何一本绳结书上都能找到单套结的打法。

不过要想学会就必须练习，否则就打不好，这一点是毫无疑问的。因为往往是看会了，真正把绳子拿到手里的时候却不知如何是好。而凶手是在杀人这个极限状态下很自然地打了这个结。面对尸体，连思考是右手在上还是左手在上，是穿过圈的下面还是上面的时间都没有。

"这下有几个共同点了？"

内田警部补似乎在自言自语，看来是在计算和昨天那起案子的一致点。

"如果把还没有得到确认的也算进去，一共有五个。"

大槻警部当即给出了答案。眼睛始终盯着遗留物品，耳朵也没闲着，准确地捕捉到了这个疑问。

"第一点，让被害人吃下安眠药，然后用绳子将人勒死。"内田警部补说着弯曲了拇指。

"脖颈处绳结的打法相同，都是单套结。"矢野用手比出V字，说出了第二个共同点。

"绳子的种类应该也是一样的。"

翻完尸体的口袋后，大槻警部说道。除了钱包只找到一包口香糖。

"第四点就是绳子上的污渍，虽然也尚未确认。"内田警部补弯曲了第四根手指。

"最后就是混入饮料的安眠药，多半也是同一种。"矢野张开五根手指说出了最后一点。

"等得到鉴识科的确认，基本就可以肯定是同一凶手所为了。"

内田警部补看着握成拳头的手，自顾自地点了点头。数完之后手指的状态与矢野相反。

"这是……"

就在这时，检查包中物品的大槻警部突然大叫出声。只见他手上拿着一个头戴式耳机。

"是随身听吗？"

黑色的机体后面还跟着长长的耳机线。上面没有控制键，肯定是很旧的机型吧。而且播放器本身也很大，看起来有一定的厚度。整体设计比较俗气，应该已经过时了。

"电池好像没电了。"

大槻警部试着按下播放键，透过播放器的窗口看进去，磁带没有任何反应。

"野崎，来一下。"

内田警部补用洪亮的声音朝着门外喊了一声。课里最年轻的野崎刑警对音响器材很了解。

"这个红色的按键是录音用的吧？或许录下了被害人遇害时的声音。"

大槻警部说话时，表情中透着期待。

"因为录音电池才会没电，肯定是。"

矢野兴奋地作答。录音很费电，一会儿就没电了，矢野之前有过好几次这样的经历。

"是很旧的机型啊。"

野崎刑警进入房间，只瞥了一眼头戴式耳机就给出了这个评价。拿到手上之后就像是在看什么稀罕物件，仔细端详着。

"电池没电了。"

大槻警部如此说着，向对方征求意见。

"嗯。这是随身听最大的缺点。不过现在已经进化了，配合充电电池使用可以听很长时间，充电也只需要五分钟就能完成。"

"只要五分钟？"

"充满肯定需要更长的时间，五分钟可以扛一会儿。"说着，野崎刑警打开电池盒查看。

"那这部随身听呢？"

"因为机型很老，所以需要充很长时间才行。具体的时间要计算一下才知道，不过以前的都要花上八小时，甚至是十五个小时才能充满。"

"以前给电池充电的确是要花那么长时间啊。"

"是的。而且这部还有录音功能。随身听主要是用来播放的，所以这款应该是研发过程中的分支产品。"

"也就是说？"

"也就是说，像这样的机型很少搭载最新的功能，所以应该需要花费很长时间来充电。"

"原来如此。"

大槻警部轻轻点了点头。机械的进化也是围绕名为消费者需求这个自然淘汰的力量在运转啊。

"那就是说，至少需要充个三十分钟吧。"

听完野崎刑警的说明，内田警部补似乎想到了什么，先翻了翻被害人的包，然后开始搜查房间。

"耳机的机型很旧，也没有控制键。因此BL SKIP一类的功能估计也很差。"

大槻警部皱着眉头问："那是什么，就是你说的'BL SKIP'？"

"是自动快进磁带上空白部分的功能。没有音乐的话就没必要戴着耳机走了。"

说着,野崎刑警将磁带从随身听里取了出来。磁带是 B 面朝上的。

"从磁带转动的状态就能清楚地得知,果然没有那个功能。"

野崎刑警指着磁带上像是窗户的部分。矢野和大槻警部都仔细盯着那里。

"在播放和快进、倒带时,磁带会呈现出不同的卷绕状态。播放时是平缓的,而快进和倒带时很快,就会出现凹凸不平的情况。跟用手卷丝带的时候是一个道理。"

眼前的磁带上没有任何一处是凹凸不平的。因为是匀速转动,所以非常平整。

"所以证明这盘磁带是正常播放的?"大槻警部确认道。

"是的。如此平整就是最好的证明。又或者这盘磁带一直处于录音状态。"

如果这部随身听有自动快进没有录到声音的空白部分的功能,那么就存在两种播放速度,正常播放的速度和快进的速度。而磁带也会根据速度的不同呈现出不同的状态,自然就会有凹凸不平的地方。

"如果是年轻人肯定会追求更先进的型号,像被害人这个年纪的人根本不会在乎吧。而且老实说,这个年纪的人居然有随身听,以我看来这件事本身就很奇怪。"

野崎刑警说着,把磁带放了回去。看他的表情似乎对磁带的内容很感兴趣。

"总之,我想听听里面的内容。有电池吗?"

大槻警部接过头戴式耳机,询问道。他并没有问特定的某个人。

"被害者的包里没找到。房间里也没有。"

搜查过整个房间的内田警部补摇了摇头答道。他刚刚想到的事就是找电池吧。

"那就拜托鉴识科分析一下吧。用精密仪器播放还能发现一般听不到的声音。"

说着,大槻警部将这件物证交给了鉴识科的工作人员。等现场调查工作结束的时候,分析结果也应该出来了吧。

"内田警部补,现场搜证也差不多了,我们该去问话了吧?"

"嗯,差不多了。"

内田警部补拍了拍手,站起身。接着重重吐了一口气。

野崎刑警回到屋外继续搜证。矢野跟着接下来要去问话的二人,朝着客厅走去。

† 

五点了。樱木还在接受问话。他已经进去一小时了,他们在问他什么呢?外面越来越黑,村上的心也被不安的阴影一点一点侵蚀着。

"我去给单位打个电话。"

坐在旁边的长谷川说着便离开了座位。这个时间是区政府即将结束一天工作的时间。

晚报和需要购买的物品一起早就送到了,头版上赫然写着"美女公务员在山庄遇害"这个醒目的标题。而关于山下的事,不知道是没赶上截稿时间,还是没有多余的版面了,并没有报道这是一起连环杀人案。因为报警的时候已经很晚了,所以多半是前者吧。

毕竟自己就处于旋涡之中，村上没心情看报纸。就算上面的内容没有看热闹的意思，也绝不可能让自己的心情变好。因为迄今为止，自己对于报纸上的新闻始终是抱着隔岸观火的态度，看到那些不幸的意外和案件的时候，也没什么特别的感觉，都是看过就算了。那些报道可不会去照顾看报纸的人的感受。

可不管怎么说，问话时间真的太长了，照这样下去恐怕七点都不能结束。同一座山庄里，接连有两个人被杀，要问的问题肯定比之前更多吧，村上已经筋疲力尽了。单单是发现尸体这一件事就足以让她倒下，今天要是还不能回家，精神上也要撑不住了。

"给二位添麻烦了。"

长谷川对着警官鞠了一躬，回到了座位上。客厅里有两名负责警戒的刑警，也各自占了个座位。大概是为了防止他们串口供吧，总之让人心里不舒服。就像是行动受到监视，失去了人身自由。

"问话什么时候才能结束啊？"村上有些按捺不住了，询问长谷川。虽然她明知道就算问了对方也答不出来。

"快了吧。您的问话应该很快。"长谷川宽慰着村上。

"我们报警的确不够及时，可也不至于要问这么久吧？"

疲惫反而让人变得异常兴奋。明知道该冷静下来，却根本抑制不住心烦意乱的情绪。

"或许樱木先生正在因为这件事被责备吧。"

与庞大的身躯相反，长谷川心思细腻。回答的时候语气沉着冷静，而且绝不会说出触碰村上神经的话。

发现山下尸体的时间是十点前后，而报警是在十二点以后。因为当时樱木强烈主张应该直接离开。

无论是谁，在那种情况下都不想再跟任何案件扯上关系。如果可能的话，他们也想当作没有发现尸体，不顾一切地回到家中。可在亲眼看到老同事惨死的样子后，怎么可能熟视无睹呢？村上和长谷川毅然决然选择报警。

最后在争论了两个小时以后，樱木终于妥协了。原因是山下的房间里已经留下了村上的指纹，说没发现显然是行不通的。

"可一小时也太……"

村上的话还没说完，樱木憔悴的身影出现在了楼梯处。和他一起出来的刑警叫了一声村上的名字。

"请上来吧。"

二楼一共有四个房间，另外三个房间分别住着长谷川、樱木和村上。还有一个房间是空着的。

村上走上楼梯，进入专门用来问话的房间。几名刑警就像是面试官，坐在对面。

"是村上女士吧。请坐。"

身材魁梧的刑警礼貌地请村上坐下。他的外形会让人联想到大树，就像是与其相呼应，身边的人都称呼他为大槻警部。

"那我就不客气了。"

因为对方彬彬有礼，村上也礼貌地如此回答着坐下。上次问话时也是如此，村上有好几次都被大槻警部客气的态度而搞得不知所措。

"听说，你是第一个发现山下先生尸体的人。能否先将发现的经过详细说一下呢？"

大槻警部直接甩出了这个问题。他身边那个眼神锐利的刑警与大槻警部的温柔形成对比，眼睛烁烁放光。

"好的。吃早餐的时候，我们很自然地聊到了山下。聊着聊着我们就开玩笑地说,山下那个人平时总是规规矩矩的,其实很喜欢恶作剧,该不会已经偷偷来了吧……"

村上总结了一下今早几人之间的对话。

"与其说是规规矩矩,其实是一丝不苟吧?"大槻警部重复着已经询问过樱木的问题。

"是的。他是个言出必行的人,甚至是有点神经质,所以他从来没迟到过。"

说到这里,村上还具体举了几个例子。都是些小事,例如钱包里的纸钞必须整理好都朝着一个方向,否则就浑身难受。

"也就是说,他迟了这么久还没到很奇怪,对吧。"

"这我倒没觉得。"村上轻轻摇了摇头,否定了。

"不觉得可疑?"

"是的。因为我刚刚说的那些都是他年轻时候的性格。后来偶尔会因为工作或一些机会碰面,可很久没在一起玩了。更何况山下真的特别忙,忙得已经不允许他像以前那样悠闲了。所以我想,他的性格或许也和之前不一样了。"

"毕竟过去那么多年了,这也是人之常情。"大槻警部露出亲切的表情,表示同意。

"我们真的很久没聚了,所以性格变了也不奇怪。而且就算他的性格没变,也有可能会因为工作太忙而无法赴约。"

"原来如此。"

"所以说要去房间看看也是开玩笑的,并不是真的觉得他在房间里。也许还掺杂着一丝期待吧,想着他要是真的已经到了就好了。"

"我明白了。"

大槻警部点点头,低声和身边的刑警说着什么。他称呼那个眼神锐利的男人为内田警部补。

"你们就一点都没察觉被害人已经抵达了吗？"二人简短的商量了一会儿后，大槻警部继续提问。

"是的，我没察觉。"

"也就是说，至少在所有人醒着期间，他没来，对吧。"

"是的。"村上点了点头。

"昨天晚上各位都是几点回到房间的呢？"

"不到十一点。"

"那个时间公交车已经停运了。我们在这里没有找到山下先生的车，那他就只能是乘出租车来的了。"

"这里地处偏僻，你们就没听到汽车的声音吗？"这句语气严肃的话是从内田警部补嘴里说出来的。

"我没听到。"

"那你是几点睡着的？"

"不记得了。当时太害怕了，一时间根本睡不着，但又很累，所以我感觉差不多过了三十分钟才睡着的。"

"那就是说，在你睡着之前都没有汽车的声音。"

"是的。"

"早上起来后有没有注意过鞋？被害人如果已经到了，应该会脱鞋。"

"我们的鞋都放在鞋柜里。在去房间查看之前，没人去确认过鞋。"

"总之，就是没察觉被害人已经到了吗？"

"是的。"

内田警部补的最后一句话更像是自言自语。说完便将投向这边的视线抛到房间的角落，陷入了沉默。

"问题是发现尸体之后你们都做了些什么……"

之后的几个问题都是针对为什么过了那么久才报警。毕竟有两个小时的空白，会被怀疑为了隐瞒真相统一口径，或是做了什么手脚也是很正常的。

"当时刚毅，也就是樱木说，昨天我们为了找电池已经进过房间了，所以就算留下指纹也没问题。但长谷川强调说，今天早晨新留下的指纹，会盖住山下的指纹。"

"他说得很对。门把手上有别人的指纹覆盖在了山下的指纹上。应该是你的。我想很快比对结果就出来了。所以就算你们隐瞒发现尸体的事就这么回去，也不能拿'不知道'来做借口。"

大槻警部给人的感觉并不敏锐，但该调查的地方他都会仔细调查。如果当初他们没有报警，肯定会遭到更加严重的怀疑。

"对了，山下先生的口袋里放着口香糖，他是什么时候开始有这个习惯的？"

听村上说完从发现尸体到报警这期间的说明后，大槻警部提出了下一个问题。

"口香糖吗？"

"是的。"

"他说过戒烟了，大概是拿口香糖当替代品吧。"

村上和山下见面的次数不多，所以她也不太清楚。她只知道山下依然没改掉拼命劝酒的毛病。

"感觉不是为了旅行特意带在身上的，口香糖在他的衬衫口袋里，包装纸还在。"

大概是工作结束后就直奔这里来了吧，山下被杀时穿着西服。他没有食言，的确是昨天夜里到的。

"还有一件事，山下先生平时都会随身携带头戴式耳机吗？"

"头戴式耳机,是接随身听那种吗?"

"对,是的。一种可以随时听音乐的设备。"大槻警部边说边比画。

"那个的话他一直有。我还记得他嘴上说讨厌那些在电车上听音乐耳机还漏音的家伙,结果他自己也买了,买到后高兴了好一阵子。但具体他会在什么时候听我就不清楚了。"

"看来关于口香糖和头戴式耳机的事应该还是他的同事比较清楚。"大槻警部轻轻点了点头。

去山下单位调查的工作自然由其他刑警负责。

接下来又针对村上的兴趣爱好提了几个问题。之前那起案子问话的时候也问过,但这次问得更加具体,例如会不会去登山或者露营一类的。还被问到会不会乘帆船这种莫名其妙的问题,甚至问她认不认识对这些运动感兴趣的人。

就连平时吃的药也问了。虽然村上知道麻美和一些医生之间有着良好的关系,而横山因为之前生病大概手上有处方,但她认为这些都与案件无关,所以什么都没说。

之后再次问到了动机问题。两名老同事接连被杀,两起案件肯定有什么共通之处。从问话的气氛来看,警方应该在怀疑是同一人所为。村上只能想到持田的那起意外。

等问话结束,放村上离开时,已经过去一个小时了。瞥向外面,依然是漆黑一片,所有景物都被黑暗封砌了起来。

†

回到总厅时大部分分析结果都出来了。除了矢野,还有几名刑警,他们就像在开会似的,聚集到了平时常用的房间。

"资料很多，先从这个开始说起吧。"

大槻警部说着把磁带放进录音机里。专家通过精密仪器，已经将分析结果整理成了书面报告。

"只有十分钟左右是录音，其余都是音乐，是一支叫Stardust Revue 的乐队的作品，各位知道吗？"

虽然已经算不上年轻了，但矢野听过他们的歌。在他的记忆里，《暮光小镇》《梦传说》等都曾流行一时。

"在这之前我本以为会是演歌呢，毕竟是个会随身携带头戴式耳机的人，结果居然不是。听这些是为了更理解年轻人吗？"

"据说是他本人很喜欢这支乐队。"

负责去被害人工作单位了解情况的喜多刑警委婉地否定了。现在的年轻人可不会听 Stardust Revue 的歌。

在询问过山下的家人后，清晰地勾勒出了一个循规蹈矩近乎神经质的男人的形象。他个人比较注重健康，为了戒烟开始嚼口香糖等情况也都搞清楚了。

"那我要放了哦。"

说着，大槻警部按下了录音机的播放按钮。本以为会听到熟悉的曲调，结果听到的是伴随着杂音的声音。

"今天为了认真探讨残疾人的人权问题，邀请到了患有听觉障碍、参加过各类活动的尾羽满先生做客我们的节目。"

录音的状态很差，听不太清楚，但应该是某个谈话类节目。山下的房间里放着一台小电视，应该就是那里面传出来的声音吧。后面的实在听不清了，就像是喝醉了的人在说话，只有很短的一段，但好歹能听清。大家看向身边的人，开始交头接耳，探讨这是不是属于被害人的。

接下来一段录下的都是类似广告的声音，没有别的内容了。

可就在这时，一声惨叫伴随着沙沙声突然传到耳中。

电视的声音太大了，分不清到底是电视里传出来的还是电视外面的人发出来的。还能听出衣服摩擦的细小声响，其他的无从分辨。

"广播就不用说了，电视上的政见放送也不会为听不见的选民配备手语翻译，或是插入字幕。因为《政见放送及经历放送实施规定》中的条款规定，政见录音、录像'只会对在场的本人进行'。"

全程都穿插着类似节目主持人的声音。却没录到任何凶手的声音或是被害人叫凶手名字时的声音。虽然有一小段怀疑录到的是遇害时的状况，但没录下任何可以称之为有效线索的内容。最后不知道是不是电池没电了，声音变得扭曲，接下来是短暂的沉默，之后录音结束，开始正常播放音乐。

"分析结果显示，经过声纹识别，已经确认最初的声音是属于被害人的。我们幸运地在被害人家里找到了录着被害人声音的磁带，进行了对比。"大槻警部关掉录音机说道。

"也就是说，刚刚录到的的的确确就是现场的声音吗？"内田警部补皱着眉头提出疑问。

"是的。惨叫也是被害人发出来的，所以可以肯定，磁带中录下了杀人时的情况。"大槻警部看着报告书，将上面的说明念了出来。

"电视里提到的那个尾羽满，是尾羽麻美的丈夫吗？"

"对。为了确认准确的作案时间，我们到电视台确认过了。那是一档深夜信息类节目，会在固定的时间段进行正式讨论，刚好是一点开始。而且那部分还是直播。"大槻警部看着分析结果作答。

"那么尾羽满就有完美的不在场证明了。"

"是的。"

既然已经证明录音是在被害人遇害时录下的，的确可以帮助确认准确的作案时间，只是众人期待的凶手的声音或名字却是一点都没录到。

"磁带和随身听上都没有找到指纹。电池也是一样，被擦得很干净。"大槻警部读着报告书上的内容。

"本以为能听到更有趣的东西呢……"

内田警部补一脸失望地拿起另外一份报告书。解剖结果还没出来，混入饮料里的药物种类和绳子的品质等资料已经整理成报告书了。

"那么，接下来可以请内田先生把报告说给我们听吗？"

大槻警部取出磁带，没有一丝气馁的样子，询问内田警部补。看来他从一开始就对磁带里的内容没有过多的期待。

"好。先来说说安眠药的种类吧，是一种名为异戊巴比妥的巴比妥酸类药剂。通常以'Isomytal'这个商品名出现在市面上。"内田警部补看着报告书为众人进行说明。

"和第一起案子中使用的安眠药是同一种吧。"

"对，完全相同。"

"巴比妥酸类安眠药现在已经不常见了吧？"

"是的。这上面说，现在主要使用的是，呃，苯二氮卓类的抗焦虑药物，像巴比妥、Isomytal 很少会用到了。"

内田警部补用手指着安眠药的分析结果，一字一句地念了出来。要记住如此复杂的药名果然很难。

"近些年从原则上来说，除非苯二氮卓类药物不起作用，否则不会使用其他药物。考虑到副作用和依赖性、习惯性的问题，医生在下处方的时候会极其慎重。"内田警部补继续看着报告书如此说道。

"原来如此。"

矢野插了一句："还有可能会导致胎儿畸形。"

"是啊。这上面也写了服用的注意事项。"内田警部补用手指敲了敲报告书。

大槻警部环视众人，说："凶手是有处方还是偷来的尚不知晓。总之，通过这点应该可以缩小范围。"

"去医院、药房等相关单位调查一下有没有发生盗窃事件。再查一下那几个人之中有没有服用安眠药的人。"

"嗯。"

"药的事就先说到这里。总之，两起案子用的都是同一种安眠药，是同一人所为的可能性很高。"

内田警部补得出结论后，夹着报告书回到了座位上。矢野想把那上面的内容抄到笔记本上，于是将报告书拉到手边。

"绳子的报告上说了什么？"

不留一丝喘息的机会，大槻警部紧接着问起下一份报告的内容。

"啊，好的，绳子的种类也确认了。果然是棉绳，和第一起案子中的绳子是同一种。"内田警部补看着新的分析结果，慌忙作答。

"品质相同，也就是说，是同一个牌子的，对吧？"

"是的。正如我们之前在现场推测的，通过检测，两根绳子无论是颜色、粗细、材质以及构造，全部一致。"

"原来如此。绳结也是吗？"

"是的。矢野当时已经看过了，其实有他的分析就够了。"

内田警部补一边点头一边看向矢野。

"绳子上的污渍分析完了吗?"

大槻警部近乎贪婪地想听报告。

"是的。污渍中的成分有很多,总结下来就是茶水一类的东西洒上去留下的痕迹。"

"哦,和上次一样。"

"分析结果也断定是同一种成分。据我猜测,应该是不小心把该类液体洒在了成捆的绳子上,留下了污渍,之后被凶手剪去用了。"

"既然绳子上的污渍相同,应该就是这种情况了。"大槻警部重重点了点头。

"绳子的断面也是一致的。"

"那就是从同一根绳子上剪下来的?"

"是的。"

"我们来整理一下两起案子的共同点吧。"大槻警部先后看了看所有人,平静地说道。

闻言,矢野开始回忆他们在现场提出的那五点。

"两名被害人在同一座山庄中遇害,而且他们还是同一批进入政府机关工作的曾经的同事,凶手为同一人的可能性原本就很高,不过我们还是要照例梳理案情,深入探讨。"

听罢,几人都很自然地点了点头,没人插话。

"首先是作案手法,两名被害人都是遭他人绞杀,凶器同样都是绳子。猜测是为了防止被害人反抗,提前让被害人喝下掺有安眠药的饮料,这个手段也完全相同。这些都能证明,两起案子是同一人所为。"

矢野提出疑问:"有没有可能是便乘犯?"

"就这个案子来说，也存在这个可能性。模仿第一起案子的作案手法，把自己的罪行栽赃到第一起案子的凶手的头上。不过考虑到他们是来旅行的，临时很难找到同种类的安眠药和作为凶器的绳子，所以从盖然性的角度出发，是不可能实现的。"

"也就是理论上的可能性吗？"内田警部补重重点了点头。

"是的。而可能性也会被接下来的四点推翻。"

大槻警部平静地将四点一一列举出来，正是调查尸体时说过的那四点。

"首先，凶手大概是担心被害人会苏醒，将勒住脖子的绳子一端系得特别紧。而且不是任何人都会打的平结，是登山或露营时会用到的单套结。这种结很常见，任何一本相关的书上都能看到，但并不是所有人都会打。如果说昨天和今天的案子的凶手不是同一个人，那么就是纯属巧合。只是，先不论打结的手法，问题是连打结的位置都相同，同样都是在后脖颈处，现实中真的有这么巧的事吗？"

"那有没有可能是便乘犯模仿了第一起案子的作案手法呢？"

矢野还在纠结这个问题。

"这个问题无法彻底否定。但脖颈处有绳结这件事并没有公开。也就是说，能够模仿那个绳结的人就只有实际见过尸体的那几个人。可单套结不像蝴蝶结，没有实际操作过，只是看一眼的话，是不可能马上学会的。我不敢说完全没有这种可能性，但应该不是便乘杀人。"

"矢野的话应该可以轻松完成吧，我们根本打不出来。"

内田警部补的语气就像是在辩护。

"再考虑到绳子的种类完全相同，便乘犯的可能性就消失了。两个凶手使用完全相同的凶器在现实中是不可能的，如果真的存在两个凶手，也只有可能是矢野所说的便乘犯。但一模一样的绳子可不是那么容易能弄到的，所以我认为不可能。"

和绳结一样，绳子的种类也是未公开的信息。只有亲眼见过凶器的人才知道具体长什么样。

"颜色、粗细和绳子的构造先放在一边不提，素材也不是那么容易判断的。通过观察和触摸虽然可以掌握这些信息，但恐怕就连专门卖绳子的店家都很难找到一根完全一样的绳子吧。如果拿着剪下来的绳头比对着去找还有可能，单凭记忆肯定不行。"

"而且绳子一端的切口也是一致的。"

矢野坦率地承认了这一点。

"是的。还有就是绳子上的污渍，也是相同的成分，所以绝不可能是别的什么人准备的。我相信凶手并没有发现绳子上有污渍，就算发现了也不可能知道是什么留下的痕迹。我们是通过化学手段进行分析才终于搞清楚真相，光是用眼睛看的话根本不可能知道。更不要说制造同样的污渍了。"

"没错，唯独这件事是绝无可能的。"

内田警部补不住地点头。

"最后就是药物。安眠药的种类自然也没有公开，就算看到了尸体和饮料也不可能猜到凶手使用的是什么药物。如果真的存在便乘犯，我甚至怀疑其是否能注意到之前那起案子的凶手在作案过程中使用了药物。毕竟就连医生等专业人士也无法当场确定药物的种类。"

这么多事实摆在眼前，便乘犯的可能性可以说几乎为零。毫无疑问，这两起案子就是同一人所为。

"看来可以确定了。"

"这就是一起连环杀人案。"

大槻警部平静地做了总结。综合各类报告来看，这是不争的事实。

"明天从医疗机关开始调查吧。今天已经很晚了。"

听了大槻警部的话，矢野看了看表，已经十点多了。问话的确花了不少时间，只是没想到已经这么晚了。

所有人都没有表现出疲态，各自做着回去的准备。矢野一边在心中惊讶时间流逝的速度，一边朝着储物室走去。

## 间　奏

　　看完第二章，樱木又叹了口气。上面提到的内容他完全不记得，但他似乎从一开始就预感到山下的尸体会出现在房间里。不知是不是错觉，那种感觉就像是敲响了沉于记忆沼泽深处的某样东西。

　　这次也没找到能够证明这上面所说的都是事实的证据。樱木的身世等细节虽然与事实相符，但对于案子的描写究竟是真是假却无从知晓。

　　如果不把它当成实际发生过的事，只是当小说来看的话，还挺有趣的。在尾羽之后，山下的尸体也被人发现了，警方断定这是一起连环杀人案。在第一章中，尚未明确尾羽的死是自杀还是他杀，到了这里终于确定了是他杀。因为通过各种线索的分析结果得知，那其实是一起伪装成自杀的杀人案。

　　可问题也随之而来，遗书怎么解释？凶手的逃脱路线是什么？如果尾羽真的在写小说，那么凶手的确可以利用这一点伪造遗书，而密室的构成方法却是完全没有头绪。原稿中没有提到警方在那之后进行了怎样的调查，樱木无从知晓，他也因此很期待案件最后会怎么解决。

　　只是樱木没心思去研究。因为他记得自己曾勒住某人的脖子并将其杀死，即便是很模糊的记忆。当时那种可怕的触感非常鲜明地残留在手上。樱木的双手清楚记得从绳子上传来的那种紧张感。

假设这只是一本小说，那自然没什么好纠结的。像这种煞费苦心的恶作剧不去理他就行了。但以文学创作来说，细节未免过于写实了，里面提到的很多情况外人根本不知道。虽然什么都不记得，但樱木很在意那些针对似曾相识的画面的描写。

有没有什么方法能确认一下呢？有没有什么好方法能证明这上面写的都是子虚乌有呢？

"老师。"

樱木独自陷入沉思时，突然传来敲门声，紧接着是须美乃的声音。为了不打搅樱木工作，须美乃平时都会像这样先敲门，不会直接进入书斋。

将脑中的妄想赶出去，樱木朝着门的方向问："什么事？"为了不让须美乃担心，他尽可能让自己的声音听起来很爽朗。

"我准备出门买晚饭的食材，今天您想吃什么？"

"让我点菜吗？"

"不许说'随便'哦。请仔细考虑一下。"

说起来须美乃这会儿穿的不是家居服，而是换上了出门时的衣服。只是出门买个东西还要换衣服，到底是年轻女孩啊。驼色外套的领口处露出毛料围巾，颜色鲜艳，看起来很暖和。看着对方苹果般红润的脸颊，樱木也不由得露出微笑。

"吃火锅吧。"

其实樱木脑子里什么都没想，是嘴巴自己脱口而出。

"两个人吃火锅？"

"你是嫌人少吗？"

"不，总比'随便'强。"

说着须美乃露出笑容，微微行礼之后退出了书斋。关门时一阵微风溜了进来。

起风了吗？

感觉到一股寒流的樱木联想到了某个人。那个男人给他留下的印象就像风一样自由，而且视角总是很奇怪。

"他或许能洗脱嫌疑。"

樱木自言自语时想起了那个人的念头。那个古怪的男人名叫多根井理。

而下一个瞬间，樱木又打消了这个想法。现在找别人商量还为时尚早。

多根井就像一股随性的风，同时又拥有某种难以形容的魅力。年纪虽小，却颇具才华，脑子转得也快，总之就是很有吸引力。

多根井还利用自己的能力解决了好几起案子，和原稿中登场的大槻警部应该也是旧识。如果拜托他，他肯定能帮自己洗脱嫌疑吧。而且多根井那个人向来守口如瓶，完全不用担心他会泄露给别的什么人。

只是樱木尚未做好心理准备，他不敢把自己可能杀了人这么大的事交给别人处理。更何况，想让对方帮忙，就必须把自己失忆的事原原本本说出来。樱木没有那样的勇气。

原稿的内容还剩下一半，等全都看完也不迟，下定决心后，樱木翻开第三章。

## 第三章 第三案

清脆的门铃声传来。音色与这座漂亮的山庄的风格贴合，就像教堂里的钟声，很是素雅。

看向玄关的方向，横山推开大门，面带笑容地走了进来。与长谷川等第一批抵达这里的人相比，她来得太迟了。

"哎呀呀。"

说话间，在厨房准备晚餐的村上赶紧用围裙擦了擦手。不愧是主妇，就算身材发福动作和反应依然迅速。

"好久不见。"

横山把大号的行李放到地板上，微微抬起手打着招呼。之前听说她因病停职了，如今看上去挺健康的。

村上脸上绽放着喜悦的笑容，几乎是搂着对方，拉着横山的手往这边走来。长谷川也想快点儿迎上去，奈何肚子卡在那里，半天没能从桌边站起来。

"你是不是又胖了啊？"

横山的视线投向这边，一针见血地戳到了长谷川的痛处。长谷川只能挠了挠头，尴尬地笑着。

"哦，你还是那么帅。好久不见啦。"

横山抬头看着高大的樱木，很自然地伸出手。横山年轻的时候是个美人，也因此行动比较积极，说话也很直白。

"其他人在老同事聚会一类的活动上偶尔还能碰面，和樱木就没有这样的机会了。没想到你会火成那样。"

二十多年前，听说樱木辞掉公务员的工作去做演员的时候，长谷川也觉得他肯定是疯了。那个时代经济不景气，根本没人会产生放弃稳定工作的想法。

"过去了这么多年，突然听说要聚会，我高兴得差点儿跳起来。美惠子，据说是你发起的？"

村上笑眯了眼，点点头。"对。因为我一直觉得很可惜啊，当初大家关系那么好。"

"是啊，我也这么觉得。真怀念那个时候啊。"

"对吧。自从持田这个组织者不在了，春眠会也就此不再举办……"

听到持田这个名字的时候，横山那张漂亮的脸蛋似乎有些扭曲。与那次意外有着很深瓜葛的横山，时至今日依然不愿意提起这个话题吧。

"先把行李放下吧，然后我们再好好聊。"

长谷川用手指着一楼最里面的房间说道。每层都有两两相对的四个房间。早到的村上、樱木、长谷川住在二楼，尾羽夫妇、山下和横山住在一楼。因为房间不大，所以都是单独住一间。

"走吧。"

长谷川提起地上的大包，把横山带到了她的房间。包里大概放的都是换洗衣物，没有看起来那么重。

横山是先乘电车然后转公交过来的。长谷川提议，回去的时候搭他的车。

"谢谢，你人还是那么好。"

大概是在为刚才的话表示歉意吧，横山面带笑容地道了谢。

看来她在那起意外中受到的心理创伤还没有彻底痊愈。

长谷川把行李交给横山，走出房间，几人刚认识时的情景自然而然地浮现在眼前。他们七个是在新人入职培训期间认识的。

刚分到同一组的时候，长谷川就莫名觉得这些人很亲切。之后一起工作、整理资料，那种感觉有增无减，关系自然是越来越好。培训到最后需要根据各班的主题发表研究结果。为此，他们经常自发聚在一起商量，彼此之间也变得更加亲密了。

庆祝培训结束聚餐的时候，村上说"就这么分开太可惜了"，这也是所有人的心声。于是几人当即决定，以后也要经常聚会，还搞了个名堂叫"春眠会"，因为他们几个经常不听讲，上课的时候都在睡觉。但玩就完全不同了，每个人都很积极。

自那之后，除了年会和夏日两天一夜之旅，他们还会为每个人举办生日会、结婚派对等，活动很多。持田很有组织能力，所以由他担任组织者的工作。横山知道很多不错的店，山下则经常去便宜的小酒馆。村上主动担负起联系的任务，尾羽则负责安排日程。

他们每个人的性格都不尽相同，或许正是因为这样，他们合拍得甚至有些不可思议，春眠会也因此持续举办了将近十年。

但好景不长，持田在某次全员参加的旅行中遭遇了意外。那是个冬天，他们划船游湖的时候，持田意外淹死了。据和他同乘的山下和横山所言，持田为了拿回被水冲走的桨跳进了湖里。可湖水寒冷刺骨，不知道是不是因此引发了心脏病，持田渐渐没了力气，就这么沉入了湖底。

意外发生之后，剩余的六人就再也没聚过了。工作忙也是一方面，最关键的是一想到持田的死心里就不舒服。

但同时也都觉得很遗憾。大家的关系是那么要好，相处得又是那么愉快，就这么断了实在太可惜了。

年纪越大就越是怀念那段岁月，随着时间流逝，持田意外身亡的事所带来的阴霾也渐渐没那么厚重了。因工作等原因再碰面的时候，大家都会感叹"真想再见见大家啊"，之后又在同期老同事聚会上碰到了，几人就商量着有机会再聚。于是才有了这次旅行。

"哟，报纸居然会送到这种地方来吗？"

横山没有换衣服，马上回到了客厅。拿了一个靠垫，靠在上面看起晚报来。

"是委托当地的人送来的。"

村上说话时皱着眉。声音装作若无其事，眼睛却盯着报纸。

"对了，你要是有什么想要的东西可以说，会有人帮忙送来。"

看到村上的表情，长谷川故意岔开了话题。他不知道村上为什么不高兴，但还是分散一下她的注意力比较好。

樱木完全没注意到这边有些微妙的紧张气氛，始终呆呆地看着窗外。灯光照在他的脸上形成阴影，使得五官看起来更加立体，似乎比平时更有男人味了。

"这么方便，那能不能送个年轻小伙子来呀。"

横山口无遮拦地说着，感觉像她这样的人根本不知道什么叫压力。但长谷川在这次旅行活动正式启动前听说，横山停职是为了接受酒精依赖症的治疗。

横山在总务局人事部负责职员调动和晋升审核等相关工作。人事工作的保密性较高，也许有很多外人无法想象的难题要解决吧。而且横山至今都是单身，和年迈的母亲相依为命。这样的家庭环境或许也是积累看不见的压力的其中一个原因吧。

"好、好疼！"

正在看报纸上刊登的广告的横山突然大叫，然后用嘴吮着无名指。好像是被纸划伤了。

"怎么了？"背对着她的村上转过头，在吧台那边露出惊讶的表情。

"没什么，就是被广告划伤了手指。"横山没有把手指拿出来，口齿不清地答道。

"被纸划伤很疼的。"

"没事，习惯了。我这个人总是毛手毛脚的，经常受伤。"

经横山这么一说，长谷川发现她左手食指上也缠着半透明的创可贴。这大概就是她没去帮忙准备晚餐的原因吧。

"这里有急救箱吗？"

虽然长谷川觉得肯定没有，但还是四下张望着。轻易站不起来这件事他自己也很懊恼。

"找找看吧。"

行动敏捷的樱木霍地起身。已经年近五十的他身材和年轻时候几乎没什么两样。

这座山庄的主人是村上的朋友，但据说很少会在这里住。因此除了厨房用品和清扫工具这类生活必需品，就没有其他备用品了。山庄的主人来这边住的时候，大概都会自己带吧。心里是这么想，还是找了一圈，结果正如长谷川预料的那样，山庄里没有急救箱。

"没有啊。"樱木嘟哝着，似乎还没有死心。

"别找啦，我没事。"

"伤口敞着肯定会很在意吧？"

被纸划破不是什么大伤，但真的很疼。尤其伤的是手指的话。

现在有些旅行洗护套装里也会放入创可贴。想到这里，长谷川出声询问："有人带创可贴了吗？"

三个人都摇了摇头。

"山下平时都会随身携带。"

横山朝着无名指吹起，嘟囔道。她的伤口已经不流血了，不过看她的样子应该还在疼。

"好了好了，我们吃饭吧。没有也没办法。吃点东西就会忘记疼痛了。"

村上用洪亮的声音越过吧台说道。因为家庭原因，她从年轻的时候起就喜欢照顾人，这是她的特征之一。

今天的菜单是做起来比较省事的手卷寿司。各种颜色的配料被分别放在几个盘子里。帮忙把盘子端到桌上后，长谷川从冰箱里拿出啤酒。横山回了一趟房间，出来的时候不知道为什么拿着水壶。

"典子，酱油可能会渗进伤口，要麻烦你忍耐一下了。"村上坐下之后，一边帮忙把配菜分成小份一边说。

"没事，划破的是无名指。"横山把罐装啤酒递过去，面带笑容地摇了摇头。

"哎呀，长谷川，你能喝酒吗，不是戒了吗？"

村上看向这边，一副老母亲的态度教训长谷川。长谷川慌忙停下勾在易拉罐拉环里的手指。

"这是啤酒啊。"

"啤酒也是酒。"

"跟水差不多。"

"要是真的病了，你可别后悔。"

郁闷的是，长谷川已经得糖尿病了。他这个体形得糖尿病也许很正常,不过医生还是劝他最好少喝酒。

"樱木真的是一点都没变,让人羡慕。"

横山噘着嘴,轻轻摇了摇头。以年龄来说,她还是非常漂亮的,却再也找不回昔日的光彩了。

"变了很多了。"樱木用左手拢了拢头发,冷冷地回答道。

"你用的什么化妆品呀?莫非你吃了能永葆青春的人鱼肉?"

"怎么可能。"

横山从水壶里倒出类似麦茶的液体,对村上说:"据说多跟年轻人接触自己也会跟着变年轻。"

"也对。"

"我现在的工作接触年轻人的机会很多,新人培训和接待礼仪培训什么的。"

"毕竟你在培训中心嘛。"

"我感觉自己已经跟不上时代了。你们猜自由研究课题结题会上出现了什么主题?以女性时尚与社会发展为题,围绕内衣进行讨论。"

"哎哟哟。"村上发出惊讶的感叹。

"现在不是有那种无肩带聚拢型内衣吗。"

横山举着筷子,先后看了看所有人的脸。长谷川从来没交过女朋友,不过就连他都知道衡山所说的那种内衣,是从前面脱的。

"找到一些喜欢那种内衣的女性,调查她们的晋升情况和在公司的职位。男生听到这些会害羞地低下头,女生就无所谓了。这个主题也是女生提出来的。"

听完,长谷川有点不好意思。虽然知道现在的年轻女孩都敢想敢干,但居然在大庭广众之下讨论内衣的问题,他还是有点接受不了。

"我觉得这就和调查男人穿三角裤还是四角裤会不会对工作造成影响一个意思……啊,樱木,你在听吗?"

横山斜着眼怒视樱木,又戳了一下正准备把罐装啤酒递到嘴边的樱木的腋下。

"听着呢。无肩带聚拢型内衣就是在前面扣扣的那种吧?"

"嗯,对……你就是没认真听。"横山长长吐了一口气,就像是在叹气。

"哎呀,长谷川,你的脸好红啊。你不是没喝啤酒吗?"

村上开心地指着这边。聊到女性内衣的话题,有哪个男人不会脸红啊。

"怎么就脸红了呢?我们又没聊什么下流的话题。"

"我觉得应该聊些健康的话题。"长谷川义正词严地提出换个话题。

"看来这个话题对长谷川来说有点太刺激了。"村上眯起圆框眼镜后面的眼睛,开玩笑地说。

几个人之中,只有长谷川年纪小,他们以前就经常用这种玩笑逗他。

"好吧,我想你们已经都知道了,接下来说说鱼腥草茶的事吧。"

横山说着,指了指手边的水壶。就是她在吃饭前特意回房间里取出来的那个水壶。

"都听说了吧?我患上了酒精依赖症。"

"欸?"长谷川一时词穷。

"美惠子说的吧。"

"呃,嗯……"

长谷川不知道该怎么回答，只能支支吾吾地回应，一时间不知道该不该承认知道这件事。

在来这里之前，村上曾嘱咐长谷川不要劝横山喝酒。横山以前很爱喝酒，于是长谷川询问理由，村上这才把横山生病的事说了出来。

"单位的人自然是不知道的，但我决定告诉你们。一个是因为接下来我会住在这里，另外就是毕竟是认识那么多年的朋友了。你们都知道我以前经常喝酒。"

"也对。"

长谷川老实地承认了。他突然想起其他同期的老同事曾经感叹，要想把横山灌醉是不可能的。

"而且麻美也知道，就是她帮我介绍的医生。麻美自然不会说出去，可要是我也不说，她就会进退两难。"

和曾经可以说是海量的横山坐到一张桌子上，不管是谁都会劝酒。要是她一直拒绝气氛肯定会很尴尬。知道理由的尾羽就会被夹在中间很难做人。横山就是考虑到了这层吧。

"与其藏着掖着搞得大家都不开心，不如开门见山，这样你们自然就会体谅我了。再说我们又不是工作关系，所以不用考虑会丧失信用一类的。"

"所以她就找到我，希望我能转告大家。"村上摘下圆框眼镜插话道。

"对。我还是第一次像这样说出来，感觉胸口的大石落下了。"

横山此时正在公开自己的秘密，脸上却是一副神清气爽的样子。大概是因为终于吐出淤积在心中的不快，轻松了很多吧。

樱木依然看向前方，用低沉的声音问："那你现在彻底痊愈了吗？"

"酒精依赖症是种心理疾病，或许一辈子都不会痊愈了吧。"

横山打开水壶的盖子，把里面的液体倒进茶碗。

"所以你就改喝鱼腥草茶了？"村上用衣角擦拭镜片，有些犹豫地问道。

"对。生病的原因是工作，所以只要调换岗位就没事了，不过心里还是会害怕，害怕会不会再次沉溺于酒精，现在除了这个其他的我都喝不下。"

来这里之前，村上也是这么说的。横山现在不只是含酒精的饮料，除了鱼腥草茶什么都不喝。

"那你在单位的时候怎么办？不单单是酒，连茶和咖啡都不喝的话别人会觉得你不合群吧？"

"嗯。属下都觉得我是个难相处的上司，讨厌我。还有人说我是怪胎。不过也怪不得他们，谁让我总是随身携带水壶，除了鱼腥草茶别的一概不喝呢。"

"又不能跟他们明说。"

"当然不能说了，这个世道可没那么宽容，能容忍像我这样的人回归社会。尤其我还是个女人。"

"是啊。"

村上露出感同身受的表情，轻轻点了点头。即便在招收公务员的时候不存在性别歧视，但牵涉到升迁的时候，还是不能避免性别的问题。

"所以到底是什么原因？"

樱木摆弄着罐装啤酒继续追问。从这边看不到的另外半张脸映在光洁如镜子般的窗户玻璃上。

"原因？"

"不想说就算了。"

"不，我没那个意思。"横山的回答很干脆。

长谷川赶忙打着圆场："刚才不是说，是工作的原因吗？"

"对。那份工作会涉及很多秘密，导致精神非常疲惫。再加上更年期，身体到处都不舒服，于是就开始沉溺于酒精了。"

横山平淡地说着，和所有人都没有眼神交流，双手叠放在桌子上，看着远处的某个点。

"不过真正的理由还是那次意外。持田在那个冬天死于湖中的那次意外，始终不肯从我心中消失。"

横山努力让自己冷静，但语速还是不自觉地加快了。大概是回想起了当时的情景吧，她用力闭上眼睛，就像是在忍受什么痛苦似的咬着下唇。

当时受到的强烈刺激长谷川至今难忘。再加上当时太年轻，发生那么可怕的事是他始料未及的，他先是惊讶、害怕，随后陷入混乱。

而且在这之前，长谷川还目睹了尾羽遭遇的意外。那次意外也很是惨烈，导致尾羽的两根手指都丧失了功能，那个时候长谷川也感到很心痛。而持田那次就更加严重了，人都死了。这是在参加春眠会活动期间发生的第二次意外，对长谷川来说异常沉重，是第一次意外完全无法比的。

横山所承受的打击只会更甚，毕竟她当时和持田同乘一条船，是亲眼见证持田意外死亡的当事人啊。

人事工作需要处理各种人之间的纠纷，不够铁石心肠是干不了这份工作的，偶尔还会做出一些不近人情的处置吧。在那样的环境下，时间并不能成为治愈伤痛的良药，或许反而会反复揭开伤疤。那次意外留下的心理阴影，已经不经意地在她心中形成了一大片阴霾吧。

"典子,好了,就说到这里吧。"村上的脸上带着几分严肃,使劲摇了摇头。

"我也不愿想起持田先生的那次意外。"

长谷川语气平静。所有人应该都是这么想的。

"是啊,再说下去搞得好像守夜似的。"

横山慢慢睁开眼睛,挤出笑容。那笑极其不自然,一眼就能看出是在强颜欢笑。

樱木依然盯着窗外。月亮此时已经从云朵之间露出脸来。

"喝吧。"

村上把罐装啤酒递了过来。长谷川猛地拉开易拉罐上的拉环,想都没想便一饮而尽。

†

第二天一早长谷川下楼的时候,村上已经在准备早餐了。时间刚过八点。

简单打过招呼后,长谷川走向盥洗室。昨天沉重的气氛还在,他不太想说话。

外面天气晴好,繁茂的植物绿得更加鲜嫩。一阵城市里很少能听到的啼鸣传来,鸟群朝着山脚飞去。天空与夏季不同,呈现出透明的天青蓝。留下一抹残影的月亮浮现在低处,似乎马上就要融入云彩里了。

长谷川一边欣赏美景,一边刷牙的时候,穿着运动服的樱木走了进来。他的肤色偏白,就算是夸张的三原色也能轻松驾驭。

"早。"

樱木只说了这一句便开始做早操。没有一丝赘肉，身材紧致，就算说他只有二十几岁也有人信。对演员这一职业来说，身材管理绝对是工作的其中一项。再低头看看自己的肚子，长谷川陷入了深深的自我厌恶。

　　叹着气回到客厅，村上已经泡好了热乎乎的红茶。早晨来杯红茶才能开启一天的生活。

　　长谷川坐到桌子旁边，翻着送来的早报，打开从房间里带下来的收音机，塞好耳机开始调台。

　　"真是奇怪。"

　　村上歪着头，好像是故意说给长谷川听的。她正在一一确认厨房里的东西。

　　"出什么事了吗？"

　　"好奇怪啊，总觉得厨房里的东西和昨天睡觉前不一样了。"

　　说着，村上打开冰箱门。看来不全部确认一遍她是不会罢休的。

　　"不一样了？"

　　"感觉位置变了。不知道是不是有人在半夜动过。"

　　村上的头歪的角度更大了，说罢关上冰箱门。关的时候很用力，就像是在告诉所有人，自己生气了。

　　"我没动过哦。"

　　长谷川摘下耳机，关掉收音机，急忙否认道。他把早报叠好，抬头看着村上的脸。

　　"我觉得不是错觉，公筷找不到了。"

　　"我也没碰过。"

　　从盥洗室回来的樱木同样否认了，脖子上挂着一条颜色和运动服差不多夸张的毛巾。

"还有吸尘器,从壁橱里拿出来没收回去。掸子也不见了。"

"这么说来,昨天夜里我被吸尘器的声音吵醒了。因为声音很快便消失,我就没太在意,继续睡了。"

听了村上的话,长谷川猛地想起这件事。他也不知道当时是几点,但可以肯定就是吸尘器的声音。

"是不是横山?"樱木坐到桌子旁,提醒道。

"有可能。"长谷川附和着。

"你的意思是说,典子大半夜爬起来,翻动厨房里的东西,打开冰箱,还开了吸尘器?"村上发出质疑。

"这么说的确难以想象。"长谷川也意识到不太对劲。

村上摇了摇头,说:"要问一下她本人,但我觉得肯定不会是她。"

"我也这么觉得。"

长谷川赞成村上的意见。把那些行为转换成语言,听起来的确很荒谬。

"等她醒了我问问她吧。"

说着,村上继续准备早餐。虽然没有找出答案,但看她的样子似乎也不是那么纠结。

长谷川在半夜醒来时也经常会因口渴到厨房找水喝。一般不会开灯,不小心碰到旁边的东西也在所难免。

可这件事放在横山身上就很难想象了,因为现在的她除了鱼腥草茶什么都不会喝。如果半夜觉得口渴,拿起水壶喝就是了,没必要特意走出房间到厨房来,更不可能到冰箱里找东西喝。

那有没有可能是需要找别的什么东西呢?公筷和掸子这两个风马牛不相及的东西不见了,是因为需要用吗?东西的位置变了也有可能是为了寻找需要用的东西时碰到了,那丢在外面的吸尘器要怎么解释?

长谷川夜里曾被那令人不快的声音吵醒过一次。吸尘器也算贵重物品了吧,究竟是为什么拿出来的呢?长谷川想不出公筷、掸子和吸尘器之间的联系。

"八点半了吗?"

樱木目光落在左腕,嘟哝着,然后抬起头朝着一层最里面的房间望去。

"的确有点晚了。"

长谷川明白樱木为什么要做那个动作,表示同意地说道。横山和已经在这里的三人不同,昨天应该没喝酒。

他们几个昨天是喝了点儿,但还没到醉的程度。当时的气氛很压抑,大家十点就回房间了。当然也是为了照顾唯一没喝酒的横山的心情。想喝却不能喝的痛苦长谷川是最有体会的。

"大概是工作太累了。我们先吃吧。"

村上说着在吧台那边晃了晃手里的勺子。那个好像在施魔法的动作肯定是想让别人帮忙把盘子端过来。

早餐是煎培根和香肠以及炒滑蛋,都是些简单的菜式。切片西红柿和滴着水珠的生菜看起来很新鲜。村上一大早食欲就很旺盛。樱木始终喝着可可,没怎么碰过食物。

"今年调动过后,把我和长谷川调到相邻的单位了。"

村上又给自己倒了一杯咖啡,对樱木说道。看来吃饭都无法阻止她说话啊。

"我是四月一号就任西区图书馆的副馆长的,自那之后每天都会和长谷川见面。"

"哦。"

"西区的区政府和图书馆挨着。"

樱木似乎不太想说话，长谷川无奈地加入了说明。有的区会在区政府附设卫生站或区民活动中心，和图书馆相邻的情况却不多。

"在每天早晨的公交车上，吃午饭的地方，甚至在附近喝两杯都会遇到，而且都是偶然。渐渐地，我们偶尔相约一起去喝酒，后来长谷川被医生勒令戒酒，就变成了单纯的聊天，不过话题永远都是在怀念大家经常一起出来玩儿的那段时光。"

"这样啊。"

"和其他人见面的时候我经常把'真想再一起聚啊'挂在嘴边，自从和长谷川经常一起喝酒之后，这个想法就更强烈了。真的觉得很遗憾，很可惜。"

"是嘛。"

樱木的回答都很简短，好像是迫于无奈才听村上说话，实则对内容毫无兴趣。

"后来又在同期老同事聚会上听说了麻美的事，得知她的儿子在意外中去世了。"

村上那张发福的脸有一瞬间突然变得紧绷，连语气都变得严肃起来。

"具体的原因我不清楚，但据说情况和持田那次差不多。也是划船游湖，结果再也没回来。"

那次聚会长谷川自然也出席了。原本身材就很娇小的尾羽面容憔悴，似乎又小了一圈。据说事发的那一个星期，她每天都以泪洗面，之后又把自己关在家里一个月，只有迫不得已的时候才会去单位，实际上那段时间她基本就没去上班。

"麻美的情绪极其低落。聚会的时候，她说自己已经挺过来了，但我知道她承受了多么大的打击。对一个母亲来说，没有什么能比孩子先于自己离世更痛苦的事了。"

边摇头边说着这些的村上有三个孩子。长谷川每年都能在贺年卡上见到他们的成长，儿女们都继承了母亲的基因。

樱木喝完可可，边放下杯子边说："所以你就策划了这次活动吗？"

"对，我想为麻美做点儿什么。虽说实质上可能是在给她添麻烦吧，但我真心希望通过这次聚会能让她振作起来。"

"是这样啊。"

"而且这也是我们时隔多年重新再聚的好机会。要是没个由头，也不知道怎么开口。"

"借口吗？"

"对。但有了这样的借口，麻美的压力就小了很多。要是大家聚在一起是为了她，她开心的同时也会感觉到负担啊。"

"嗯。"

"这个计划还不错吧。"

这次不只是樱木，长谷川也点了点头。既然所有人都赞成，那么大家应该都能理解村上的良苦用心吧。

"好了，我该收拾了。去叫一下典子吧。"

丰满的身材完全没有影响村上敏捷的动作，她刷地一下站了起来。她肯定每天都通过做家务来锻炼身体。

"九点半了。"

樱木看向左腕确认时间。连这么一个平平无奇的日常动作都在彰显他的演员气质。

"嗯。能帮我把盘子放到洗碗池里吗？"

留下这句话后，村上朝着横山的房间走去。长谷川费劲地站起来，遵照吩咐收拾桌子。

把早报送去角落时,长谷川发现昨天的报纸不见了。也是横山拿走的吗?继公筷和掸子之后,报纸也消失了。长谷川不认为这些东西和吸尘器有什么关联。

就在这时,突然传来一声吓人的声音。长谷川一时间居然没听出那是村上发出来的。

"出什么事了?"

意识到那是悲鸣而赶来的长谷川最先看到的是瘫坐在门边的村上。朝房里看去,他发现了已经变成一具凄惨尸体的横山。

同时还看到了散落一地的报纸和行李,放在桌子上的公筷和掸子,但尸体带来的冲击太强烈了,根本无暇顾及其他。长谷川曾经听别人说过,被勒死的人的脸会有变化,却不知道变化会如此之大。

"死、死了。"

村上仿佛被人施加了咒语,站不起来。她死死抓着长谷川的裤脚,使得长谷川也动弹不得。

桌子的抽屉敞着,衣柜门也开着,房间里被翻得乱七八糟。粘着透明胶条的纸屑被团成一团扔在垃圾箱里。

"樱、樱、樱木先生!"

长谷川大声叫着樱木的名字,丢人的是他的声音都变了。长谷川这才意识到,原来不停发抖的人不是村上,而是自己。

最冷静的人是樱木。他先是报警,然后把二人从横山的房间里拖了出来。

"怎么会这样?"

长谷川感觉樱木唉声叹气的声音听起来很远。因痛苦而扭曲的横山的脸始终在眼前挥之不去。

†

现场给矢野留下的印象仿佛是被什么人抄家了。也有点像小孩子把东西丢得到处都是，却没人收拾的房间。

首先是被害人的旅行袋，里面的东西被人倒出来散落了一地。放着钱包和一些零碎的小包也是如此。从贵重物品都还在这一点可以看出，这么做是为了找什么东西。也许是遭到了被害人的要挟，想把对自己不利的东西拿回去。

翻完包还不算完，凶手又把整个房间都翻了一遍。抽屉就那么敞着，衣柜的门也没关。电视上的天线不知道为什么还弯了。

这样就已经够乱的了，桌上还放着做菜时用的长筷子。旁边是前端被几块薄布绑成一捆的细长竹棒。被害人不是小学生，却自备水壶，壶盖里盛着茶水。

不仅如此，几张报纸在地板上胡乱摊开。除此之外，还有两个用报纸卷的纸筒被丢在那里。

"这也太乱了吧，这个房间里是刮过台风吗？"

内田警部补看着现场的惨状，率先开口道。如果真的是台风造成的，那么地板上的报纸和桌上的东西未免过于整齐了，不过矢野听出内田警部补是在揶揄。

"看来不是小偷干的。"

大槻警部检查着掉在地板上的钱包，嘟哝道。现金、储蓄卡和信用卡都在。看来凶手对钱没兴趣。

"小偷跑到这种地方来恐怕要饿死吧。"

内田警部补很少会开玩笑，说完笑了。此处人烟稀少，选择偷这里就跟在裸体主义者的村落里当扒手没什么两样。

"是啊。"

大槻警部笑了笑，开始仔细调查散落在地上的行李。大部分都是换洗衣物，除此之外也尽是出门旅行时会带的东西。

"那就是说，凶手是有目的地在找东西。"

矢野在大槻警部身边蹲下。折叠伞的伞骨不知道为什么被人弄弯了。

"嗯。看样子是找了很久也没找到，然后就到房间外面去找了。"

房间里的确留下了寻找东西的痕迹。乱成这样证明凶手找得不是很顺利。报纸和做饭的时候会用到的筷子不可能是房间里本来就有的。说明凶手还曾经到厨房和客厅搜过。

"这个季节出门果然不会携带手套啊。"

大槻警部说着，结束了针对行李的调查。看来并没有从两个包里的物品中找到线索。

"这报纸是怎么回事？"

旁边的内田警部补没好气地说着，捡起卷成棒状的报纸，反复端详。

"是什么意思呢……要说与公筷和掸子之间的共同点也就是形状了，都是细长条。"

大槻警部也没想通，微微歪着头。矢野在想，公筷和掸子这两个陌生的词，肯定是桌上那两个东西的名字吧。

"有两根，是比作筷子的意思吗？"

"说不准。不过报纸是斜着卷的，应该是想卷得尽量长一点吧。"

不愧是大槻警部，马上运用了自己的观察力。那两个用报纸卷成的奇妙纸筒，的确使用的是能达到最大长度的卷法。

"报纸的两端被弄得很尖，我觉得很有可能是为了夹住什么东西。"

"有道理。而且尖部有轻微的破损，看起来像是揭掉透明胶带一类的东西留下的痕迹。"

说完，大槻警部盯着垃圾箱里面看。里面有看似纸屑的东西，也是让这个房间看起来杂乱的原因之一。

"这是创可贴吗？"

大槻警部最先捡起来的是扔在表面的创可贴。是那种用来处理很小创口的类型，由附有药物的纱布以及带有一定黏性的胶带构成。看起来像是用过的，被揉成一个小球，起黏性作用的胶都发黑了。纱布位置留有清晰的红色污渍，应该是血。

"望月先生，打搅你检验尸体了，我想请问一下，被害人的手或脚有没有受伤的地方，就是只需贴个创可贴就不用去管的那种轻微的划伤或是擦伤。"

验尸官望月早早便抵达，已经开始着手检验尸体了。他清秀的脸庞望向这边，平静地点了点头，说："左手食指有缝合的痕迹。皮肤的颜色存在带状差异。另外，右手无名指上有一道非常浅的伤痕，没有出血。所以创可贴应该是从左手上揭下来的。"

"麻烦了，感谢你提供的信息。"

大槻警部表示感谢的同时深深低下头。待人亲切有礼是他一贯的作风。

"只要比对一下血液样本就能确认创可贴之前是不是贴在被害人身上了。交给鉴识科吧。"

内田警部补委托鉴识科的工作人员做血样分析。负责采集指纹、调查遗留物品的鉴识科的人此时正和矢野他们一起在房间里忙活着。

现在已经不是单纯的ABO型血了，通过Rh和MN等各种各样的血型，可以更加准确地判断血迹的主人。血型完全相同的情况非常少见。而血型完全相同的两个人同时出现在一起现实案件当中的概率，虽然不能说绝对，但几乎等于零。因此，在明确涉案人员的情况下，完全可以通过这个方法来确认身份。

"那个创可贴是被害人自己丢掉的，还是凶手从被害人手指上撕下来丢掉的呢？"矢野歪着头问道。

"把创可贴撕下来，凶手为什么要这么做？"

"不清楚。大概是想看看被害人伤口的愈合情况？"

"一具死尸身上的伤有什么好看的。"

"呃，我也不知道……"

"比较合理的解释不应该是因为贴了太久，创可贴已经失去了黏性，被害人自己丢掉了吗？"

语气虽然刻薄，但内田警部补说的话很有道理。一时之间矢野想不到凶手撕下创可贴的理由。

"嗯？这些纸屑上粘着透明胶带，之前应该贴在什么地方。"

继续调查垃圾桶的大槻警部说着，把粘成一条的纸屑拉出来，纸屑的颜色有些泛黄。纸屑留的较长的那边粘着透明胶带，不仅失去了黏性，甚至已经干得变形了，发出啪啦啪啦的声音，似乎是贴了很长时间之后才撕下来的。

"就是这里。"

内田警部补指着桌子和墙之间说道。他所指的位置有一条像是贴过胶带后留下的清晰的直线，颜色和旁边略有不同。

"有条缝。"

大槻警部几乎是趴在桌子上，往墙和桌子之间的缝隙里看。桌子和墙并不是紧贴着，有条几厘米的缝隙。

"那张纸之前应该是贴在这里的，为了防止东西掉下去。要是戒指或耳环一类的贵重物品丢了就麻烦了。"

"这张桌子动不了吗？"

说着，大槻警部就想往前拉动桌子。桌子又大又重，凭一个人的力气根本无法撼动分毫。桌面由三块精美的石板支撑，形成一个包围。当初把桌子摆在这里的时候肯定用了什么特殊的机械。

"应该能动。"

矢野看了看桌子四周给出了答案。左手边的柜子是后配的，但桌子原本应该是嵌入墙体的，所以一开始不可能存在什么缝隙。之后出于某种原因搬动了桌子，导致桌子与墙壁分离，这才用纸堵上。

"是有什么东西掉进去了吗？"内田警部补的语气中带着怀疑。

"嗯。肯定是对凶手不利的东西。"

大槻警部意识到桌子轻易挪不动，于是开始调查缝隙四周。他右手扶墙，左手贴着衣柜，可惜腋下没长着第三只手。因为三面都围起来了，从桌子下面也过不去，只能从那个狭窄的缝隙上方用什么细长的工具把东西夹上来。

"原来如此，所以这里才会有公筷和掸子啊。总算是搞清楚了。"

内田警部补兴奋地大叫。凶手弄了这么多细长的东西，都是为了伸进缝隙里捡东西。

"这些长度根本不够，所以才用报纸做了纸筒吧。"

看了一眼桌子的高度，差不多有一米。公筷和掸子太短了，不可能够得到。但缝隙只有区区几厘米，最多只能把手指伸进去，所以需要更细更长的东西。

"看到两根纸筒的时候最先联想到的就是筷子,也不算全错。"

"是啊,卷成这样就是为了夹东西。"

"想了不少招啊。"

要想拿到掉进缝隙里的东西,方法可不多。要么用两根细长的工具夹出来,要么把铁丝一类的弄成钩子,勾上来。再或者就是在一端涂上胶水,把东西粘出来。除此之外能想到的就是用吸尘器吸。凶手为了找到切实可行的方法,肯定是绞尽脑汁了吧。

所以才会把被害人的行李弄得满地都是,把整个房间翻得乱七八糟啊,甚至连厨房一类的地方也都找遍了。折叠伞和电视天线也是凶手弄弯的吧。凶手多半是在寻找能把掉进缝隙里的东西捡起来的工具。

但这毕竟不是一般的住家,凶手最终没能找到称手的工具。既没有尺子也没有胶带。用来粘堵缝隙的纸的透明胶带很是破旧,已经失去了黏性。最终只找到了公筷和掸子,除了把报纸卷起来,没别的办法了。

"凶手应该也曾尝试把垃圾箱里的透明胶带贴在上面吧,所以报纸才会有轻微的破损。"

原本无法理解的种种状况渐渐变得清晰。矢野眼前开始浮现凶手用报纸纸筒在缝隙处摸索的样子。

"我不觉得用那种工具能把东西弄上来。要是有铁丝就另当别论了。喂,你们谁身上有铁丝一类的吗?"

"还是把桌子挪开吧,我想三个人一起拉应该能拉开。"

大槻警部说完,示意矢野到左边去。桌面上有可以抠住的地方,抠住那里应该能更有效地发力。

"准备咯。"

三人一起喊着"一二",然后用力拉。在强壮刑警的共同努力下,桌子终于动了。虽然只是一点一点往后蹭,但缝隙眼瞅着越来越大。

"需要这么大的力气才能拉开啊,那把桌子推到墙边肯定相当辛苦。我现在明白为什么别墅的主人只是用纸堵住缝隙了。"拉开能容纳一个人的宽度后,内田警部补边拍手边说。

凭一个人的力气实在拉不动,别墅的主人才会出此下策吧。

大槻警部动作敏捷地闪进桌子与墙之间,捡起掉在地上的东西。在白手套上闪闪发光的是一块小金属牌。

金属牌长约两厘米、宽约四厘米,呈扁平状。其中一端有个小孔,可能是钥匙圈上的。从已经发暗的金色可以看出,应该有些年头了。上面还刻着字,似乎是什么的纪念品。

"'CHUN MIAN HUI'吗?"

大槻警部读出上面的小字,字太小了,感觉看一会儿眼睛都会疼。金属牌上刻的字母弯弯曲曲的,不太容易识别。

"后面是 CHI TIAN GONG YAN。是一个叫持田公彦的人的。"

如果这是凶手的名字,那么立马就能破案了。就算不是,只要是凶手的东西就能成为重大线索。

"让鉴识科采集一下指纹吧。有可能是凶手留下的。"

大槻警部语气平静,紧接着便委托给了鉴识科的人,负责采集指纹的工作人员还在房间里。

"现在就采集吧,确认一下能不能采集到指纹就行。"

内田警部补兴奋地催促着。就算持田不是凶手的名字,只要有指纹就可以破案了。

鉴识人员将白色的粉末撒在上面,用刷子小心翼翼地拨扫。

金属牌正反面都显现出了极其清晰的手指的形状，但除此之外就什么都没有了。看起来像是某个人捏着磨好的金属牌留下的。

"这么看来，多半是被害人的指纹。"

内田警部补语气中带着遗憾，摇了摇头。那肯定是被害人拿着金属牌时粘上的指纹。

"没那么容易破案的。要是上面真的有自己的指纹，凶手不可能放弃把它捡上来。"

大槻警部向鉴识科的人表示感谢后，进而拜托之后和被害人的指纹进行比对，还没忘记提醒他们调查一下垃圾箱里面的东西。

金属牌应该是被害人扔出去的，金属牌并非圆形，如果不是靠外力，不可能掉进桌子与墙壁之间的缝隙里去。因此，上面的指纹必定属于被害人。而除了指纹什么都没有，暗示着凶手在事前擦拭过金属牌。

金属牌掉落的时候大概戳破了贴在墙角的纸，凶手无奈之下只得把纸揭下来，并想方设法把金属牌弄出来。可无论他怎么努力都没能成功，最终只得放弃。结合现场留下的种种痕迹，这个思路是最符合逻辑的。

"用那些工具根本弄不出来吧。只能用胶带粘出来或是用铁丝钩住上面的小孔把东西勾上来。"内田警部补看着拿去比对指纹的金属牌说道。

"是啊。不过多亏凶手没弄上来，或许就此给我们留下了一个重大的线索。"大槻警部边说边轻轻点头。

"唉，也一下多了很多要问的问题。"

"没错。不过在问话前，先问问望月先生的意见吧。他已经在等了。"

在几人进行现场搜证期间，验尸官望月已经完成了尸体的检验工作，此时正站在尸体身边，抱着胳膊环顾四周。

"可以将死因和死亡推定时间等信息告知吗？"

大槻警部微微鞠躬，直奔主题。矢野蹲下身盯着可怜的尸体。

被害人倚靠在床边，脖子被绳子死死勒住。绳子绕了好几圈之后，在后脖颈处结成一个结实的结。不是平结，是单套结。熟悉绳结种类的矢野一眼就看出打的是什么结。

"各位也都看到了，死者颈部遭到压迫，是窒息死亡。面色青紫，眼睑结膜有瘀点性出血，可以肯定是勒死的。"

"死因明白了。那么死亡推定时间呢？"

"解剖之后会告知准确的时间，目前从表面症状来看，应该死了有十到十二个小时了。"

"也就是半夜十二点到两点之间吗？"

"是的。"

"除此之外，还有什么可疑的地方吗？"

"嗯，被害人应该服用过安眠药或镇静剂。不过也要等解剖之后才能确定。"

"安眠药一类的吗？"

说着，大槻警部看向放在桌上的水壶和壶盖。水壶通体银色，配有一条黑色的皮绳，应该是保温壶。

矢野起身，去检查里面的液体。颜色和茶水差不多，却又不太一样。凭肉眼观察和闻味道根本无法分辨。就算喝进嘴里，矢野也没自信能判断出究竟是什么。

"请交给鉴识科，拜托他们分析一下液体的成分，包括水壶里的和壶盖里的，拜托了。"

"这根绳子也顺便拿过去吧。上面粘着污渍。"

调查尸体的内田警部补补充道。这个案子要拜托鉴识科分析的东西太多了。

"那我先告辞了,详细的情况稍后请看解剖鉴定书吧。"

说着固定台词的验尸官望月拿过之前夹在腋下的包,对众人微微抬手示意后便离开了现场。

"水壶是被害人的吧?"将重要证物交给鉴识科后,矢野问出始终抱有的疑问。

"多半是。等指纹比对结果出来就知道了。"

大槻警部语气平淡地回答着。这个问题只要通过问话就能轻松得到答案。

调查随身物品的内田警部补终于站了起来。看他的样子应该是没找到什么有用的东西。

"尸体给我们留下的信息不多。还是问问活人吧。"

听了内田警部补的话,大槻警部露出笑容,轻轻点头的同时,用强而有力的声音说:"嗯,听听涉案人员怎么说吧。准备问话。"

†

"横山女士的水壶里装的是鱼腥草茶。壶盖里的虽然也是鱼腥草茶,但和水壶里的成分不一样,而且还被人下了安眠药。"

例行问话结束之后,大槻警部一边看着分析结果一边说道。他的语气很平静,但这样反而会让人感受到压力,这是长谷川根据多年的经验得出的结论。

"现场只找到一个水壶,眼下正在调查壶盖里的液体是哪儿来的。"

"我们也不知道。不都是鱼腥草茶吗？"

"是啊。听说横山女士因为患上了酒精依赖症，所以只喝鱼腥草茶。"

长谷川一时之间不知道该不该承认，没有立即回话。樱木和村上的问话已经结束，长谷川是最后一个。

"有多少人知道这件事？长谷川先生告诉过其他人吗？"

那不是询问的语气，是温柔的打听。坐在身边的内田警部补则形成鲜明的对比，用严厉的视线瞪着这边。

横山说，她是第一次将自己的病情说出来，但事实真的如此吗？像那种怕被人知道的病，即便是对关系要好的朋友也会极力隐瞒。长谷川从来没在别人面前说过这种闲话，相信春眠会的其他成员也是一样吧。

见长谷川没有回答，只是摇了摇头。大槻警部见状换了一个话题。

"现场非常奇怪，我们在那里发现了公筷、掸子和卷成纸筒的报纸。听说山庄里的一些情况好像也和昨天有微妙的不同。"

"是的，厨房用品的位置都变了，冰箱也被人翻过，还有报纸不见了，总之出了好几件怪事。"

"吸尘器也被人从壁橱里拿出来没有放回去，是吗？"

听到对方在征求自己的意见，长谷川默默点了点头。这些情况他肯定已经从樱木和村上口中了解到了。

"我还听说，你听到了吸尘器的声音。"

"是的，昨天半夜我听到了噪声。当时没看表，不知道准确的时间，但我可以肯定那就是吸尘器的声音。"长谷川非常肯定。虽然时间很短，但他清楚记得那个吵闹的声音。

"从现场的状况推断，应该是有人在找什么东西。现场有被翻动过的痕迹，从厨房和客厅的情况也可以得出同样的结论。问题是究竟是谁干的。"

"不是我们。我们三个都不知道是谁，所以本打算等横山女士醒了问她的。"

"我知道。不过可以告诉你，也不是横山女士。因为公筷和掸子上都没有留下指纹。"

大槻警部不紧不慢地说道。多亏如此，长谷川才听明白了他的意思。

"而且从吸尘器和弯掉的电视机天线上也没有发现横山女士的指纹。从报纸上倒是采集到了一些，不过应该是她看报纸时留下的，从位置判断，并不是卷纸筒的时候会留下的指纹。"

"也就是说，指纹都被擦掉了？"

"不，其他指纹和痕迹都还在，所以应该不是被擦掉了。而且报纸上还留有横山女士的指纹。"

"那就是说，拿走公筷和掸子的人当时是戴着手套的？"

"是的。横山女士没有随身携带手套，也没必要戴手套。因此，卷报纸、使用吸尘器的人应该是不想留下指纹的凶手。"

"原来如此。"

虽然这没什么值得佩服的，长谷川还是不由自主地点了点头。看来在这么短的时间里，案子的轮廓已经很清晰了。

"另外，从之前贴在桌子与墙壁缝隙处、之后被人丢进垃圾箱里的纸上，没有采集到任何属于横山女士的指纹。创可贴上也只找到了不完整的指纹，大部分都不见了。也就是说，揭下它们的是凶手。"

经他这么一提醒，长谷川才想起的确在横山的房间里看到过他所说的贴在缝隙处的纸。纸已经泛黄，用来固定纸的透明胶带也变形破烂了。

"现在我们来整理一下以上信息,凶手撕下贴在缝隙的纸,把横山女士的行李撒得到处都是,房间里也都翻了个遍,弄弯电视天线和伞骨,又跑到厨房和客厅,把公筷、掸子和报纸拿回横山女士的房间。中间还试了一下吸尘器。"

长谷川歪着头纳闷,问:"凶手为什么要这么做?"

"为了拿回那块金属牌。我们在墙和桌子之间发现了一块小金属牌的事,你应该听说了吧?"

当听说找到刻有持田名字的金属牌时,长谷川觉得很神奇。因为那块金属牌应该在那起意外发生时,沉入湖底了啊。

"据我们猜测,凶手应该很想将掉进缝隙里的金属牌带走。因为金属牌一旦被发现,就算不会直接暴露凶手的身份,也会给我们留下重要的线索。"

这么说来,凶手的一系列行动都是在寻找能将金属牌捡起来的方法。因为掉进墙桌之间缝隙里,所以需要将贴在那里的纸撕下来。为了把金属牌弄出来就需要合适的工具,于是到各个地方寻找。到横山的包里找,在横山的房间里找,到客厅和厨房找,并留下了痕迹。吸尘器的管子太粗了,而且声音太大,所以只是试了一下就关掉了。收集细长的物品,弄弯伞骨和电视天线,把报纸卷成纸筒,这些行为都解释得通了。

"听说那个金属牌是各位以前共同定制的钥匙圈的一部分。"

"呃,是的。"

春眠会曾经做过纪念钥匙圈,没什么特别的意义,就和很多团体会定制同款T恤和马克杯没什么区别。设计也非常简单,在小金属牌上刻下每个人名字的拼音,再加一个金属圈就完成了。每次聚会的时候大家都会拿它当会员证,相互出示,在持田出事之前还经常拿钥匙圈当游戏的小道具。

"接下来我想问的是，你能想到那块金属牌是属于谁的吗？"

大槻警部的语气依然很平静。问话时的态度非常绅士，谦恭有礼。

从刚刚的问话可以听出，警方认为金属牌是凶手留下的。也就是说，金属牌的主人就是杀害横山的凶手。

"完全想不到。持田先生当年出事的时候，钥匙圈在他身上，所以我一直以为不见了呢。"

长谷川把自己知道的情况原原本本说了出来。关于那次意外和这次的事的任何信息，都没有隐瞒的必要。

"可以请你详细说说吗？"

"好的。持田先生遭遇意外，我们为了悼念他，将所有人的钥匙圈都放在纸船上，让纸船随着湖水漂走了。"

"哦，还真是风雅。"

"毕竟当时大家都年轻，比现在要纯真得多。"

现在回想起来，长谷川突然有点不好意思。现在连高中生都不会那么多愁善感了吧。

"当时大家都赞成那个提议，把自己的拿了出来。毕竟也没人真的拿来做钥匙圈。我们也曾试着找过持田先生的钥匙圈，但没找到。"

"能确定他当时确实带在身上吗？"

"是的，所有人都看到了。我们还翻了他的包，以及拜托他的家人找了一下，最终也没找到。于是我们断定，他肯定始终带在身上，所以除了持田先生的，我们一共把六个钥匙圈放到纸船上并让其漂走了。"

"原来如此。不过现在看来，应该是有人偷偷拿走了吧。"

面对大槻警部巧妙的诱导性提问，长谷川没有作答。温文尔雅的态度果然只是表象，实际上老奸巨猾。

如果给出肯定答案，就相当于承认凶手就是春眠会的成员。因为拥有金属牌的人就是杀害横山的人。

"那有多出来的金属牌吗？"

看到长谷川默不作声，内田警部补又问了一遍。他锐利的目光让人联想到盯上猎物的肉食性猛兽。

"没有……"

"这种东西没有备用的吧。"

"是的。"

"应该也不会专门为了这个案子提前准备个一模一样的。"

"嗯……"

"如果是这样的话，那么在缝隙里发现的金属牌就的的确确是持田公彦的了。问一下制作金属牌的店家或许能得到确认。"

这毫无疑问是难题。那个钥匙圈是二十多年以前做的。连那家店还在不在都是个问题，也不清楚制作者是否还在世。就算真的找到了，金属牌也不是什么特别的东西，店主恐怕早就不记得了吧。

"这么看来，要么是在意外发生之前，持田交给凶手的，或是凶手悄悄从行李中将金属牌偷走了。"

"他为什么要那么做？而且当时为了把钥匙圈放到纸船里漂走，我们到处都找过了。"

"不知道，也许是为了留作纪念？"内田警部补的追问可谓无情。

"可是，您是怎么知道那个金属牌是属于凶手的？也许是横山女士的呢？"

长谷川明知不可能，还是尝试反驳。提到持田的名字时，横山表现出的是抗拒，所以她收着刻有那个名字的金属牌的可能性几乎等于零。

"我不敢断言，只是从凶手使出浑身解数想要把金属牌拿回去所留下的痕迹，以及金属牌上留下的指纹来看，做出这样的判断是更为妥当的。"大槻警部代替盛气凌人的内田警部补作答。

"指纹？"

"对。我们从掉落在缝隙里的金属牌上采集到了清晰的指纹，经过比对，与横山女士的一致。也是金属牌被擦干净之后留在那上面的唯一的指纹。"

长谷川不知道这意味着什么。问话的时间太长，脑子都转不动了。

"请试想一下，金属牌为什么会掉进那种地方。那个缝隙处贴着纸是为了防止东西掉下去。虽然经过日晒纸质已经变得脆弱，但还是能起作用的。事实上，除了金属牌，桌子与墙壁之间的缝隙里什么都没有。"

经大槻警部这么一说，状况的确很蹊跷。如果贴着纸，那么就算是到处滚的东西也不会掉下去。

"也不太可能是凶手不小心弄掉的。只要不是硬塞，基本是掉不下东西去的，上面留下鲜明指纹的状态也可以证明这一点。金属牌很小，要想拿起来指纹肯定会重叠。横山女士碰过金属牌后，凶手再次拿到手中时，肯定会弄乱上面的指纹。"

"也就是说，最后碰触金属牌的人是横山女士吗？"

"对。所以只可能是横山女士故意塞进缝隙，或是丢出去时碰巧掉进去了。综合桌子周围留下的指纹情况推断，后者更有说服力。"

那次意外使横山大受打击，更导致她患上了酒精依赖症，她肯定不想见到持田的名字吧。丢出去也正常。

"可如果那是她自己带来的，又为什么非得丢进缝隙里呢？实在想不出有什么合理的动机需要把金属牌擦干净之后再丢出去。而凶手又有什么理由一定要把横山女士丢出去的金属牌捡起来呢？所以，那块金属牌只能是凶手的。"

大槻警部对此很有自信。金属牌是凶手留在现场的，这已经是不争的事实了。

"希望你能将持田先生发生意外后，金属牌的下落告知我们。我相信这也关系到本案的动机。"

假设凶手一直偷偷将钥匙圈藏了起来，那么那个人肯定和持田有着很深厚的关系。至少凶手对持田是有着特殊感情的。可都过去那么多年了，真的能成为动机吗？长谷川不理解。只不过横山和山下都是那起意外的当事人。

"如何？有想到什么吗？"

"没……没什么头绪，毕竟已经是十几年前的事了。"长谷川摇了摇头。

"不是意外前后的也可以。有没有看到过谁拿着那块金属牌？"

"持田先生发生意外后，我们就几乎没怎么聚过了。最多会在老同事聚会上碰面。"

说到这里，长谷川突然想起曾经在老同事聚会上听到过关于那次意外的传言。当时并没有当真，但眼下发生了这种事，长谷川意识到，那或许是真的。

"想到什么了吗？"

"呃，和金属牌没什么关系，是关于持田先生的那次意外的……"

长谷川犹豫要不要说出来,有些吞吞吐吐。说出传言就相当于在鞭尸,长谷川不太想说。

"请讲。或许会有某些关联。"

"好吧。当时在老同事聚会上听闻的时候,我并没有当真……"

长谷川边叹气边开始讲述,手在口袋里摆弄着等待问话时听的那部收音机。

"据说持田先生那起意外的真实情形并不是我们知道的那样,而是活着回来的那两个人捏造的。"

"哦。"

大槻警部发出了惊叹之声,但脸上却完全没有惊讶之色。或许已经从同样参加了那次聚会的村上口中得知了这件事。

"当然,传言也没有说山下先生和横山女士杀了人。那的确是一起意外,只不过怀疑持田先生当时还有救,而他们却见死不救。"

"从本质上来说,这与杀人无异。"

"是的……所以我当时才没有当真。"

"不好意思,打断你了。请继续。"

"好的。传言还说,二人给出的解释是持田先生为了捡船桨跳到湖里,结果冰冷的湖水引发了心脏病,而实际上持田先生当时还活着,是山下先生和横山女士担心船会翻,所以没有把持田先生拉上来。"

"说得有鼻子有眼的。"

"是的。当时,持田先生在局内被视为危险分子。在单位和工会都遭到冷遇。他那个人正义感很强,还有着不屈不挠的性格，而组织本身又是个抱有诸多矛盾的地方。"

"尤其是政府机关。"

"当时持田先生正在参与同和行政①，亲眼见识到了政府的奸诈手腕，于是向单位和工会提出改善意见，这就是他同时被两边排挤的原因。"

"管理层有这种表现很正常，但工会就不应该了。"

"我也是这么认为的，但自从开始走劳资协调路线，工会就更加注重单位的意见，不再听取个人的声音了。毕竟相较于追求公平，挑起事端，打压没有权势的个人更省事。而且那些人之所以加入工会，也是为了今后能坐上领导的位置。与单位闹翻对自己没有任何好处。"

山下等人就是巧妙利用这一点，一路平步青云的。而不愿苟同的长谷川自然去不成总厅，至今还留在区政府做个小小的课长。

"这倒是，了解工会内部情况在面对集体交涉等情况时会更加有利。"

"是的。所以当时在人事中枢就职的横山女士，和在工会大显身手的山下先生可以说是串通一气。当然，他们二人肯定不会为这点小事就产生杀死持田先生的念头，但我想他们至少在心中期望过持田先生能消失，这样他们两边都能得到不少好处。"

那之后持田扬言，如果单位和工会都不打算管的话，他就把这件事曝光给媒体，通过外部压力来推行改善。长谷川曾劝过持田，其实知名报社都知道这个情况，只是没有对外发表而已，持田对此充耳不闻。

---

① 为解决部落歧视问题而施行的政策。

"你的意思是说,就算他们不会把持田先生从船上推下去,看到他为了捡船桨跳下船之后,大概也不会再拉他上来了。他们的确有可能对持田先生见死不救,对吗?"

"就是这个意思。"

"原来如此。先不论传言的真假,对持田先生抱有某种感情的人如果得知了这个消息,肯定不会坐视不理。"

"是的。"

长谷川点了点头,他对"某种感情"这个词很是在意。会偷偷收起钥匙圈这种东西的人就只有男女朋友。只是,意外发生时村上已经结婚了,尾羽更是早在初识的时候就是已婚人士。那就不是男女朋友,莫非樱木和持田……

想到这里,长谷川突然回忆起促使樱木离职的那件事了。他了解得并不是很清楚,只听说是樱木在和同一个办公室的人去旅行时严重失态。那次失态对樱木来说是极其不光彩的污点。虽说在参加春眠会活动时,长谷川从未感觉到二人之间有什么,莫非樱木真的对持田有意思?

"长谷川先生,不好意思耽误你这么长时间。我可以再问最后一个问题吗?"

陷入沉思的长谷川耳边突然传来大槻警部的声音。漫长的问话终于要结束了。

"长谷川先生是开车来的,对吧。请问车里都放了些什么?"

这个问题问得很突然。长谷川想不出这与案子有什么关系。

"车里吗?我想想,后备厢我一般都会预留出来,所以几乎没什么东西。也就是纸巾吧。"

"工具箱一类的呢?"

"机械这方面我不太在行,就连来这里也是拜托樱木先生开的车。我平时真的不怎么开。"

"是这样啊。顺便问一句,你平时钓鱼或者打高尔夫吗?"

"没有这样的爱好。从我的体形应该就能看出来,我不喜欢户外活动。"

"那露营或登山呢?"

"那更不可能了。"

"我明白了。"

说着,大槻警部重重点了点头,合上像是笔记本的本子,然后看向身边的内田警部补,似乎是在确认他是否还有问题。内田警部补轻轻摇了摇头。

"问话就到这里,感谢你的配合。"

听罢,长谷川站起身。警察已经从所有人那里了解完情况,也准备离开了。

看了一眼手表,五点了。长谷川没有回自己房间,走下楼梯来到客厅。

"又以身体不舒服为理由早退了吗?没办法了。"

村上对着话筒叹了口气。应该是在给单位打电话,确认有没有什么特别的事吧。她天生大嗓门,就算不想听也会自然而然传到耳朵里。和部下说话时果然是一副领导的语气。

樱木一脸疲惫地在客厅里看着电视上的新闻。看起来像是播报员的年轻女性正在热情地介绍着有多少人在这次旅游旺季三天小长假期间走出了家门。

"对啊,今天是假期的最后一天了。"

对星期几没什么概念的樱木如此感叹道。长谷川正在休大假,所以对他来说三连休也没什么感觉。

虽然他们单位不忙,一般来说也申请不到长假。他这次能请到完全是因为修养假制度。该制度规定，工龄达到二十五年就可以申请五天连休。参加这次旅行的几人大多都是利用了这个制度。

托人买的东西已经送到了，长谷川拿到厨房，然后把物品都放进冰箱，坐回到中间的桌子旁时，村上也打完电话回来了。

几人都没说话，保持着微妙的距离坐在那里。气氛很是凝重。

整个客厅里只能听到电视的声音，就在这时，樱木突然站了起来。

"我也去给经纪人打个电话吧。"

听起来像是想要从让人窒息的紧张气氛中逃离的借口。话虽如此，出了这么大的事也的确应该联系一下。即便暂停了演员的工作，媒体也不会轻易放过这种新闻，一旦知道樱木涉案，就会对他穷追猛打吧。更何况是杀人案这个人们喜欢的话题。

说起来，樱木的经纪人是位女性。长谷川对演艺圈的事知之甚少，但一般来说演员的经纪人都是男性吧。偶尔会看到女明星身边跟着男经纪人，但给男演员配女经纪人很容易出事吧。还是说，给樱木配男经纪人反而更危险？

警察终于下楼，与几人打过招呼之后便离开了。离开之前只说案发的房间禁止入内，至于能不能进出山庄并没有交代。各方媒体应该都很想尽快采访，还在外面徘徊，不过总比直接冲进来好。

只是瞥了一眼都能看出村上此时情绪激动。她不停地调整着眼镜的位置。

大概是在商量如何应付媒体，樱木的电话打了很久。长谷川现在已经无法直视他那富有女性魅力的脸了。

## 间　奏

　　看完第三章，樱木再次叹了口气。本以为这篇充满恶意的原稿能帮自己找回失去的记忆，但现在他完全不抱希望了。

　　这次也和之前一样，光看原稿根本无法确认内容的真伪。细节依然一致，关于案子的部分还是无从判断。没有素材能协助判断确有其事，也没有线索能证明只是艺术创作。

　　至少自己喜欢男人这件事完全就是捏造。辞去公务员的工作的确是因为在旅行中失态，但樱木对男人毫无兴趣。

　　"真烦人啊。"

　　樱木看向窗外，一不小心把心里话说了出来。都看到这里了，依然判断不出来，他开始犹豫要不要继续看下去。

　　眼瞅着原稿就只剩下简短的幕间休息和名为终章的解决篇了，樱木开始觉得，是不是应该在看答案之前，先决定是否要找人商量。

　　眼睛看着冬天凄凉的景色，脑海中浮现的是多根井的侧脸。他那如清风般的笑容令人印象深刻。

　　樱木不只是演员，也是一名作家，平时会创作散文，与多根井是在出版社的派对上认识的。最初朋友把多根井引荐给自己的时候，说他是小说家，樱木是不相信的，毕竟他是那么的年轻。事到如今，樱木也说不清究竟是被他的哪一点吸引了。或许是多根井那张清秀温柔的脸,让樱木想起了青年时代的自己吧。

多根井是写推理小说的,总是有一些奇思妙想。而且只要你跟他聊一会儿就会发现,他其实还非常聪明。记忆力、洞察力远胜于一般人,逻辑思维能力也相当不错。而他最优秀的能力,就是哪怕只有一丁点儿不协调,他都能发现。与其说是直觉敏锐,更像是拥有一双能够看透事物本质的慧眼。

"也只能找他了。"

樱木边叹气边自言自语。一口气看了那么多文字,他感到前所未有的疲惫。

从案发到今天,已经过去了那么多天,始终没有警察上门,那就证明自己不可能是凶手。而残留在自己手上的那种杀人的触感,肯定有什么合理的解释。

既然自己不是凶手,那么这篇原稿就是作者的创作,是个可怕的陷阱。是为了让樱木背负罪名而精心设计出来的。

这件事不是一个人能解决的,凭樱木自己根本不可能识破这个诡计。他有种预感,如果直接看解决篇,恐怕自己都会承认自己是凶手,然后就这么掉进对方挖好的陷阱里。

多根井就不一样了,他或许能看穿本质,发现原稿中不自然的地方,戳穿作者准备的陷阱。

另外,确认这上面写的是不是事实这件事,也只有拜托多根井一途。樱木想了很多办法,其他的都不可行。听说多根井参与过多起案件,和大槻警部是旧识。他应该有办法确认原稿中描写的那些细节。

只是……

心里虽然倾向于将这件事情讲出来,可一想到自己的秘密就要被他人知晓,就莫名觉得恐怖。明知自己一个人根本承担不了，却依然会不自觉地害怕找人商量。

有时候这种事对着比自己小很多的人时反而比较容易说出口。因为对方顾及自己是年长者，不会刨根问底，所以没什么心理负担。

而且多根井是个守口如瓶的人。他虽能言善辩，但只要拜托他不说，他就绝对不会外泄。

可樱木依然无法消除内心的不安。将关乎自己名誉的事全权交给别人处理需要非常大的勇气。

"我回来了。"

就在这时，须美乃开朗的声音从远处玄关的方向传来。她买完晚餐的食材回来了。

要是告诉须美乃……下一秒，樱木就摇了摇头，当即打消了这个念头。要说他现在最不想让谁担心，那个人就是须美乃。

樱木现在的心情就像马戏团的空中秋千，摇摆不定。怀揣着迷茫，他翻开了幕间休息那一章。

## 幕间休息

　　樱木享受着手里的东西带来的触感，反复攥握。这条绳子洁白、柔软，很好用。

　　牺牲者背靠床沿坐在自己眼前，此时已经闭上双眼，丝毫没有要反抗的样子。

　　昨天和前天，在这座山庄里接连发生了杀人案。勒死这个女人之后，就会变成连续发现三具被勒死尸体的大案。

　　把绳子慢慢缠到左手上，做了一个勒紧的动作。洁白的绳子上有一块蝙蝠形状的黑色污渍。

　　樱木感觉传到手上的震动与触电时的酥麻感很像，甚至可以称之为快感。

　　女人似乎快死了，一动不动。只能从胸口处微弱的起伏判断出她还活着。

　　向后弯曲的喉咙白得发光。刚刚樱木把绳子扎实地缠在了那光洁的脖子上。

　　绳子很长，绕两三圈都富富有余。

　　听说有的女人喜欢在做爱时被勒紧脖子。樱木现在切身体会到，那么做的时候男人也会得到快感。

　　把绳子缠在右手上时，女人的身体稍微动了一下，脸颊潮红，双唇微启，显得格外妖艳。

双手加重力道，一股舒爽的冲击感传来。那感觉很是强烈，就像是什么东西爆开了。女人在那瞬间喘了口气，发出不成人声的奇妙声音。她的脸因为瘀血渐渐变成紫红色，紧闭的眼睛猛地睁大。

樱木更加用力勒紧脖子。手臂感受到的震动已经传遍全身。

绳子深深陷入女人洁白的喉咙。眼睛充血变红，感觉随时都会飞出来。口水顺着嘴角往下流，舌头像蛇一样乱扭。女人终于开始抵抗，但她怎么可能敌得过男人的力气。

樱木被某种不存在于这个世界的感觉所包裹，继续死死勒住女人的脖子。他的身体在颤抖，分不清是因为自己太兴奋了，还是被勒住的人挣扎得太过激烈。

女人的抵抗很快就结束了，不再动弹。传到手上的冲击感越来越小，最终停了下来。

行凶后的满足感填满了樱木的身体。有好一会儿，他就保持着那个姿势。

时间悄悄流逝。只能隐约听到樱木的呼吸声。

## 间　奏

　　看完简短的幕间休息，樱木被吓得浑身发抖。就像是突然有人从身后向自己泼冷水。

　　这段内容和折磨自己的那个噩梦一模一样。手上残留的触感，挥之不去的画面，都描写得分毫不差。

　　"怎么可能……"

　　樱木把之前紧紧握在手里的原稿一把甩出去，双手抱头。紧闭双眼，屏住呼吸，劝自己冷静下来。

　　既然的的确确是残存在记忆中的画面，就不能用"这是创作"来逃避了。这段内容是真实发生过的。那前面的内容也都是真的吗？这份原稿真的忠实记录了现实中发生的案件吗？

　　不过，就算其中一部分是事实，也不代表全都是事实。利用真实的细节来误导他人，这种做法自古就有。

　　只是幕间休息描写的场面给樱木带来的打击是巨大的。足以让他相信这上面所写的内容全部属实。

　　樱木迫切地想要确认。上一秒的犹豫此时已经抛到九霄云外，他只想马上联系多根井。

　　樱木拿着整理好的原稿走出书斋。电话装在平时吃饭的那个房间里。

　　他手忙脚乱地翻着通信簿，查找多根井家的电话号码。他记得多根井留的不是笔名，而是本名。

"出什么事了吗，老师？"

面对须美乃的惊讶，樱木无暇顾及，强忍着转动号码盘带来的烦躁给多根井家里打去电话。

呼叫音响了五声，对面传来多根井的声音。但那是电话留言的录音。

"旅行去了吗？"

樱木边说边敲打听筒。这种事直接说还好，留言不行。

多根井在录音里说，自己去参加一个名字难记的座谈会了。应该是什么魔术大赛吧。

前段时间见到多根井的时候，他手上拿着一本封面上画着套盒、辣椒和貌似貉的动物的杂志。樱木问他那是什么，他回答是一本名叫《掌》的魔术小册子。据多根井自己说，他曾经与大槻警部一起侦办过涉案人员全是魔术师的案子。自那以后，他就彻底迷上了那个神奇的世界。

樱木垂下肩膀，长长吐了口气。突然抬起眼皮，这才发现须美乃正一脸不知该不该搭话的表情看着自己。

她刚才应该是在准备晚饭吧，身上还穿着浅色的围裙。厨房里放着切好的白菜、茼蒿等蔬菜，多半是给火锅准备的配菜。

兴奋劲儿一过，樱木突然觉得身上很痒。通信簿上的金属环这一刻还贴着手背。

樱木对金属过敏，除了手掌，其他地方的皮肤一旦持续接触金属就会起疹子。因此，手链一类的饰品自不必说，他平时连手表都不戴。

"能麻烦你帮我把这个复印一份吗？"

说着，樱木将夹在腋下的原稿递给须美乃。复印机在别的房间。

"现在就要，对吧？"

须美乃用围裙的下摆擦了擦手，爽快地将原稿接了过去。即便还在准备晚饭的途中，她也没有表现出丝毫不悦。

"有点急，麻烦你了。我在书斋等你。"

"好的，老师。"

须美乃看都没有看上面的内容，直接就去复印了。她从来不会过多打探，只会去理解樱木的想法，简直就是理想中的秘书。她比跟了自己好几年的经纪人要能干得多，也优秀得多。

樱木想直接让多根井看一下原稿，然后再拜托他针对案子的部分进行确认，看看是不是真的属实。

邮寄是最保险的联络方法。樱木回到书斋，着手给多根井写信，将一切情况交代清楚。

## 给读者的挑战

看古典推理小说的时候，思考谁是凶手是阅读的乐趣之一。也有人誓要破解书里面的陷阱和诡计。

为了这样的推理爱好者，我在这里插入给读者的挑战。这起连环凶杀案的凶手会是谁呢？

虽然使用了挑战这样夸张的字眼，其实只是想在这里通知大家一声，到这里，确定凶手身份所需的线索已经全部呈现在了大家面前，通过推理完全可以得出结论。

请通过逻辑推理和心理层面的观察，思考谁才是凶手。衷心祝愿每位读者都能找到正确答案。

依井贵裕

后　篇　无论过去还是未来

## 终　章　解答篇

　　宁静的雨水将街道淋湿，天色渐暗，丝丝银线只有在经过路灯周围时才会淡淡显现。

　　大槻警部始终保持着一个姿势俯视窗外。似乎是在思考什么，一副请勿打扰的态度。内田警部补就像是在配合他，一动不动地坐在自己的座位上，大概已经习惯这种状况了吧。

　　外面的景色也看腻了，矢野倒了杯咖啡。热水器旁边就有咖啡机，倒出来就能喝。

　　因为长时间放在大咖啡壶里保温，如今那里面的只是徒有咖啡之名的液体而已。既没有咖啡应有的味道，也没有咖啡的香气，就只是快要熬干的苦味饮料而已。

　　"也给我来一杯。"

　　内田警部补稍微抬手示意。虽然味道不怎么样，但他基本上已经养成了喝咖啡的习惯。

　　矢野没有再煮一遍，直接倒进杯子里。顺便也给大槻警部倒了一杯。这么浓，直接喝应该很难下咽吧。矢野从冰箱里拿出牛奶，放在四方形的托盘上。

　　"我好像明白了。"

　　就在矢野寻找砂糖和勺子的时候，这句话传到耳中。大槻警部不再往外面看，转身朝向这边。

"果然。"

内田警部补似乎早就料到似的边点头边说。像这样的对话在过去也发生过好几次。

"刚才我看着下雨的街道，在脑子里整理这三起杀人案，很自然地就理顺了。"

大槻警部双手撑在桌子上，整个身体靠着桌沿。具体他明白了什么先放在一边，从这个姿势可以看出，他接下来会讲很长时间。

"接下来我要说的和之前已经讨论过的内容有重复的地方，希望你们不要嫌我啰唆。二位想听吗？"

"当然。"

内田警部补表情有些紧张，爽快地点了点头。矢野找到砂糖和勺子后，赶紧把咖啡端了过来。

"首先，我想从三起杀人案都是同一凶手所为这个论点出发，然后再围绕这个前提展开思路。"

大槻警部边说开场白边从托盘里拿走一杯咖啡，倒入牛奶，用勺子慢慢搅拌。

"判定是同一人所为的根据有五点。第一点，三起案件都是让受害人服下安眠药后用绳子将人勒死，也就是采取了同样的杀人手法；第二点，被害人的后脖颈处的绳结都是单套结；第三点，作为凶器的绳子都是同一个牌子；第四点，绳子上附着的污渍的成分完全一致；最后一点，就是三起案件中出现的安眠药都是同一种。"

同一时期进入政府机关的老同事于旅行期间，在同一个地方相继被杀，原本就暗示着凶手是同一个人。还有绳子的切口一致也是有力的根据之一。

"先来说说杀人手法,其中有一起案件伪装成了自杀,但实在没什么说服力,三起案件中的凶器和安眠药种类相同这一点有着重大意义。尤其是绳结的打法和绳子上污渍的成分更是推翻了便乘犯的可能性。刚刚提到的这些证据也都经过了验证,之后不会再重复,我想说的是,在有这么多共同点的情况下,可以肯定这就是一起由同一凶手犯下的连环杀人案。"

简单说明前提之后,大槻警部才喝下第一口咖啡。看来放了牛奶还是很苦,整张脸都皱到一起了。

"接下来我想先排除与案件无关的局外人,也就是给圆封口。主要有三点。根据不同的条件,排除的理由也稍有不同,但基本上可以肯定,凶手就是春眠会的成员。"

给圆封口,大槻警部经常用到这个说法。就是圈定嫌疑人范围的意思,非常形象。

"这三点逻辑性都不够完美。第一点,被害人都是半夜死在分配给自己的房间里;第二点,持田公彦的金属牌掉落在杀人现场;第三点,凶手把安眠药提前混入了鱼腥草茶。"

大槻警部列举出了锁定嫌疑人的根据,也都是之前讨论过的线索。

"三名被害人的死亡推定时间都是凌晨零点到两点之间,在现场没有发现尸体被移动过的痕迹。由此可以肯定,案发现场就是位于山庄的,分配给被害人的房间。这就证明午夜时分,凶手和被害人都在房间里,凶手甚至还劝被害人喝下了掺有安眠药的饮料,那么很明显,在正式行凶前,双方应该是在平静地进行对话。除了参加这次旅行的人,还有其他人能做到这种事吗?"

内田警部补默默摇了摇头。他是个凡事都会从现实角度出发考虑的人,看来他认为这些理由已经足够说明了。

"没打算参加的人半夜突然造访,一般人也不会让其进入房间。如果是一次还好,三次太牵强了。也存在'被害人从外面带进来的人'这个可能性,但同样地,如果是其中一人这么做了还算说得过去,三个人都带外人进来就不太可能了。所以我认为,'凶手就是当时身在山庄里的某个人'或'预计参加但迟到的某个人',这个思路是正确的。"

矢野也不打算反驳。他想到了诸多可能性,但都不符合正常的心理。

"那么,凶手就在樱木和已、村上美惠子、长谷川知之、尾羽麻美、山下健二、横山典子、尾羽满这七个人之中。"

说完,大槻警部为了喘口气,把咖啡递到嘴边。大概是习惯了那股苦味,这次没有把脸皱成一团。

"下面我们来说说金属牌。那块金属牌是过去春眠会定做的钥匙圈的一部分,属于死于意外的持田公彦。而原本应该在那次意外中丢失的金属牌,不知为何掉落在了现场。"

矢野回想着问话时获得的情报。樱木、村上和长谷川三人都讲述了定做钥匙圈的原委和丢失的经过。

"从金属牌上采集到的指纹的状态以及现场留下的各类痕迹,基本可以断定金属牌是凶手留下的。现场那些无法理解的状况只可能是凶手为了拿回金属牌而制造出来的,除此之外很难解释得清。再加上造成横山典子患上酒精依赖症的起因正是持田的那起意外,如此看来,那块金属牌之前不可能在横山手上。"

横山的病情既然已经严重到需要停职的地步,必定是心理原因。对持田见死不救就是造成她沉湎于酒精的元凶,因此,她肯定不想见到会勾起那段回忆的钥匙圈。横山光是听到持田的名字便表现出不悦,怎么可能会收着象征着那起意外的物品呢。

"综上所述,持田的金属牌的的确确是凶手掉落在现场的。那么就只有两种可能性:第一种是发生那起意外之前,持田本人交给凶手保管的;第二种就是凶手事前偷偷从持田的行李中拿走的。无论是哪种,都只有参加那次春眠会活动的成员可以做到。"

严格来说,能接触到持田行李的家人也有机会。只不过,他们有正当的权利拒绝将钥匙圈放到湖水里漂走,根本没必要偷偷摸摸的。

"当然,钥匙圈可能不止一次易主,无法确认意外发生时是否在那些人身上。但所有人都说意外发生时自己没拿,由此可以肯定,钥匙圈没有经过第三个人的手。"

拿走钥匙圈这件事本身没有错,所以就算将钥匙圈给了别人,也没有必要隐瞒。或许会被怀疑与持田之间存在着某种关系,但说出来反而能降低自己杀人的嫌疑。然而连拿走钥匙圈这个事实都不肯承认,那就证明东西一直都在凶手身上,金属牌就是从凶手身上掉下来的。

"最后我们来好好思考一下被下了安眠药的鱼腥草茶吧。"

说着,大槻警部再次将杯子递到嘴边,大概是一直说话,口干了吧。

"桌子上的水壶里装的是鱼腥草茶,壶盖里盛的却是另一种鱼腥草茶。被害人不可能带着两种茶水来,春眠会的成员也做证说不知道,那么壶盖里的茶水就是凶手准备的。接下来是我的想象。凶手也自备了水壶,往自己和对方的壶盖里倒上了那个水壶里的鱼腥草茶。而凶手带来的茶水里混入了安眠药,让被害人喝下后使其丧失了抵抗能力。"

现场除了横山的,没有发现其他水壶,却有两种鱼腥草茶,除了其中一种是凶手带来的,没有别的解释。

"凶手准备的不是常见的绿茶或咖啡，而是鱼腥草茶。鱼腥草茶这种饮品相当特殊，那个味道不是谁都能接受的，一般来说旅行的时候不会随身携带。常见的都是把安眠药混进啤酒等酒里，之所以选择鱼腥草茶，是因为被害人患病后只能喝得下那个，其他饮品一概不沾。"

横山摆脱酒精依赖症的时间不久，为了健康，她不仅戒了酒，连普通的绿茶都不喝，只喝鱼腥草茶。

"那就是说，凶手是知道这件事的。在某处从别人嘴里得知了被害人只喝鱼腥草茶这件事。"

如果不是这样，凶手不可能提前准备好鱼腥草茶。碰巧做了鱼腥草茶带去的可能性几乎为零。

"患上酒精依赖症不是什么光彩的事情，被害人也几乎没对人提起过。刨除负责为其诊治的医生和家人，就只有参加这次旅行的人知道。除非是极其特殊的情况，医生是不会泄露患者隐私的，被害人唯一的亲人，她的母亲也不会把女儿的丑事往外说。参加旅行的人也都说自己没告诉过任何人。那么知道这件事的人，就只有春眠会的成员以及被害人的母亲和为其诊治的医生了。"

消息或许已经泄露了，所以这段推理算不上严谨。但从人之常情的角度出发，是具备足够的说服力的。再加上横山肯喝下凶手准备的鱼腥草茶，将嫌疑人的范围限定在春眠会成员中间，没有任何不妥之处。

"那么现在除了樱木和己、村上美惠子、长谷川知之、尾羽麻美、山下健二、横山典子和尾羽满，又多了被害人的母亲和医生，共九名嫌疑人。"

大槻警部说完长长舒了口气。到此为止，圈定嫌疑人范围，也就是给圆封口的工作圆满结束。

"再根据现状整理一下，就是尾羽夫妇、樱木、村上、长谷川、山下、横山这七个人中的某个人，先后杀害了尾羽麻美、山下健二、横山典子三人。"

一直闭口不言的内田警部补进行了总结。

"是的。接下来我会证明凶手是谁。"

大槻警部激动地说完，将咖啡一饮而尽。他之前说明白了，果然是指凶手身份这件事。

矢野去拿咖啡壶的时候顺便拿了些冰块来，还是冰的比温的好喝。

"那我就开始了。首先是凶手的特征，第二起案子和第三起案子都分别留下了一个线索。单独拿出来只能缩小范围，但把两个线索结合起来，一个人的名字就自然而然地浮出了水面。"

大槻警部边说边从托盘里拿起第二杯咖啡。只不过这次是放了冰块的冰咖啡。

"在调查第二起案件时，从被害人的包里找到了头戴式耳机和录过音的磁带。当时大家都是精神一振，期待着那里面能录下凶手的名字或说话声音，结果却不尽如人意，只从现场直播的电视节目推断出了行凶的准确时间。"

矢野想起了磁带里录到的内容。在电视的背景音下，听到了喝醉的被害人的声音和像是勒住脖子时发出的动静，都是些没有价值的声音。

"经过专家的分析，证明录下来的声音是属于被害人的。另外，通过呻吟声和衣服摩擦发出的响声可以断定，录下的的确是整个杀人过程。可是，凶手难道没发现磁带的存在吗？要是没留下什么声音线索还好，要是被害人叫过凶手的名字，那一切就都完了。即便只是录下凶手的声音也会非常不利。对凶手来说，磁带应该是危险的证据。"

在大槻警部提出来之前，矢野完全没想过这个问题。所有注意力都放在录到的内容上，根本没往那方面想。

"也就是说，那是凶手捏造的线索？"内田警部补抬起锐利的视线询问道。

"不，我刚刚已经说过了，磁带里的内容是真实的，并非凶手捏造，也不是为了扰乱搜查故意留在现场的。被害人在睡着之前按下了录音键，是录下了真实遇害情形的证物。如果是假线索，也不知道其用意何在。我想说的不是这个问题，凶手应该发现了磁带的存在，也听了录音内容。"

"这么说来，磁带上没有指纹。"

内田警部补似乎是突然意识到了这个问题。

"对。随身听上、磁带上和电池上都没有指纹，肯定是有人擦掉了。死前才勉强按下录音键的被害人可没有那个余力，那么就是凶手擦掉的。取出电池的时候必须摘掉手套，从磁带上也没有指纹这一点来看，凶手是碰过磁带的，自然知道磁带的存在。"

如果不曾将磁带取出来，就没必要擦掉指纹了。电池也是同样的状况，证明凶手想到了杀人情形被录下来的可能性。

"而且被害人的性格一丝不苟，甚至有些神经质。往钱包里放钱的时候不是同一个方向就会不舒服，连别人家的冰箱都会按照食物的保质期的先后顺序重新摆好。这样的人怎么可能让 B 面朝前呢。你们不觉得，以被害人的性格，他会始终让 A 面朝前吗？"

这是性格问题，没人说得准。不过，凶手曾将磁带取出，放回去的时候不小心让 B 面朝上了这个推论本身不存在矛盾。

"因此，凶手发现了磁带的存在，还曾将其从随身听中取出，不然的话根本没必要擦拭磁带表面。从心理层面分析，A面变B面也间接印证了这个事实。那么，凶手是出于什么目的把磁带取出来的呢？"

大槻警部问话时看向这边。

矢野胸有成竹地回答："为了调查磁带里的内容吧。听一下录了什么进去。"

无论是什么样的杀人凶手，一旦得知自己杀人时被录了音，都会忍不住去听吧，多半做不到置之不理。

"是的，没错。磁带上的确留下了凶手听过的痕迹，带子卷绕的状态就可以证明。"

矢野忆起了与野崎刑警之间的对话，当时他科普了随身听的BL SKIP功能。

"用头戴式耳机听音乐时，正常情况下遇到没有音轨的空白部分会快进。据说现在的机型普遍都具备自动快进功能了。A、B面都播放结束后基本会进入无声部分，如果这个时候没人按下倒带键，随身听就会快速跳过，导致卷绕参差不齐，分为慢慢倒带的部分和快速跳过的部分。而那盘磁带是匀速卷绕，带子平整顺滑，从头到尾都呈现正常播放的状态。也就是说，带子上留下了与被害人平时听磁带时不同的痕迹。"

当时野崎刑警说，从带子的卷绕情况来看，那盘磁带只用来播放或录音。而录音只录了一半，由此可以肯定，之后又有人播放了磁带。

"磁带在Stardust Revue的曲子播到一半时开始录音，录了十分钟左右的杀人情形，但因为电池电量低，声音有些扭曲，录音结束后又回到了曲子。既然录到了杀人过程，那么听录音肯定是在那之后，而听录音的人只能是凶手。凶手拿出磁带，确认了里面的内容，发现录音对自己不构成任何威胁，才会满不在乎地将磁带留在现场离去。"

确认的话必须从头到尾都听一遍。因为不知道录在什么位置，凶手不能快进，只能正常播放。

"那么，凶手是怎么听的磁带呢？被害人的头戴式耳机没电了，没法用那个来听。被害人遇害时的声音先是扭曲而后消失，很明显是因为录音录到一半电池没电了。并不是凶手用过之后没电的。再加上是旧机型，充电需要花费大量时间，山庄里又没有电池。内田先生已经确认过了，被害人也没有带电池来。"

内田警部补在现场时就调查过了，被害人没有准备备用电池。案发前一天，樱木、村上、长谷川三人找遍了山庄也没有找到电池。

"其实从凶手将磁带取出这一举动就可以推断出凶手并不是使用被害人的头戴式耳机听的。因为要用其他设备来播放，才需要把磁带从随身听里取出来。但电池被动过，这说明凶手曾打算用被害人的随身听来听。毕竟随身听就在手边，想要拿来用也正常。"

"可是，山庄里没有卡式录音机啊。"

矢野提出反对意见。住在山庄里的那三个人在案发前一天确认过了，通过现场勘验也证实了这一点。

"对，里面的确没有。可是山庄外面呢？"

大槻警部提出了一个令人费解的问题。矢野听后不自觉地歪头思考起来。就算卡式录音机携带很方便，也没人会把那东西放在室外吧。

"我知道了，是车！"

内田警部补大叫道。他全程都没怎么插嘴，脑子却一直在快速运转。

"对，就是车载磁带放音机。案发当晚，凶手能用来听磁带的地方也就只有车里了。"

被害人的头戴式耳机听不了，山庄里又没有卡式录音机一类的设备，那就只有车上有能听磁带的机械了。那天晚上，凶手唯一能用的，就是车载磁带放音机。

"在车上听磁带，不需要打火，也不需要启动引擎，只要把声音调小就不用担心会传到车外。车里与杀人现场不同，就算长时间滞留也相对来说安全得多。所以凶手肯定是在车里听的磁带。"

矢野眼前浮现出了凶手的侧脸。一个人影在悄然无声的黑暗之中，轻轻打开车门。

"那就是说，凶手当时是可以使用车辆的。说得更精准一点，凶手是案发时手上有车钥匙的人。"

"原来如此。"

内田警部补发出感叹。看来不用继续听下去，他已经知道结论了。

"那么当时手上有车钥匙的都有谁呢？请仔细回想一下。"

"尾羽满肯定有，他从尾羽麻美那里拿到钥匙之后没有给过别人，后来还开车回家了。他有车也有钥匙。"

"是的。"

"还有就是樱木。车虽然是长谷川的，但负责开车的是樱木，所以钥匙一直在他手上。"

"对。"

"还有横山，在这里暂时先不把她排除在外。虽然她在下一起案件中被杀，但她也可能有车钥匙。"

听到矢野的回答，大槻警部重重点了点头。看他满足的表情就知道矢野的回答非常正确。

"没错。山下遇害时，手上有车钥匙的人是尾羽满、樱木和己、横山典子。因此，凶手就在他们三人之中。"

大槻警部用肯定的语气陈述自己的结论。根据第二个案子的条件，嫌疑人仅剩三人。

"接下来我们再说说第三起案子。线索是掉落在桌子与墙之间缝隙里的金属牌。"

说完，大槻警部喝下半杯冰块已经融化的咖啡。冰块稀释了咖啡的苦味，或许这样能更好喝一些。

"那块金属牌原本是钥匙圈的一部分，是一块长两厘米、宽四厘米的扁平金属片。其中一端有个小孔，除此之外没有其他特征，极其常见。就是这样一块金属牌掉进了只能容手指勉强塞入、仅有几厘米宽的缝隙里。不难想象要把金属牌从那样的缝隙里弄出来需要费多大的劲。"

墙壁与桌子之间仅有几厘米，桌子高约一米，从上面往缝隙里看就已经很吃力了。

"那个缝隙应该是地震一类的原因造成的。一个人根本推不动那张笨重的桌子，所以山庄的主人才会放着没管吧。从现场留下的痕迹可以推断出，为了防止戒指一类的贵重物品掉到缝隙里，山庄的主人用纸把缝隙堵了起来。或许是之前有东西掉下去，费了很大的劲才把东西捡出来，那之后就做了这样的处理吧。"

现场扔着被撕下来的纸和透明胶带。根据上面没有指纹可以断定，那是凶手撕下来的。

"桌子腿是三面包围的形式，材质坚固沉重，合我们三人之力才勉强将其拉开，凶手一个人肯定是挪不动的。而且缝隙的右侧是墙，左侧是嵌入式衣柜，更没法从旁边掏出来。所以只能从狭窄缝隙上方想办法把东西钩上来。"

矢野回忆起在现场勘验的时候想到的那几个方法。考虑到金属片的形状，切实可行的方法实在不多。

"一般能想到的就是用细长的东西把金属牌夹上来、用铁丝钩住金属牌上的小孔钩上来，或是用有黏性的东西粘上来、用吸尘器吸出来，基本上就是这些了。凶手也都想到了，并在现场留下了明显的痕迹。"

凶手为了寻找细长的东西和有黏性的东西，弄乱被害人的包，把整个房间翻了个底朝天。把公筷和掸子拿到房间里，现场还发现了卷成纸筒的报纸。

"翻被害人的包应该是为了找创可贴或口香糖。然而被害人并没有带那些东西，房间里也没有。遗憾的是山庄里也没有准备急救箱。用来粘塞住缝隙的纸的透明胶带早已失去黏性，也没能派上用场。"

案发前一天，包括横山在内的四人在山庄里找过急救箱，没有找到。扔在垃圾箱里的透明胶带已经破烂变形，根本没法用。

"于是凶手把被害人手指上的创可贴揭了下来。报纸上的破损应该就是在尖端贴创可贴造成的。但创可贴这种东西，用过一次之后黏性就会变差。凶手在试过发现不行之后，把创可贴扔进了垃圾箱里。"

揭下创可贴的不是被害人，而是凶手。应该是对创可贴那点可怜的黏性抱着一丝希望才从被害人手指上揭下来的吧。

"在平时无人居住的山庄而不是个人住宅里作案，对凶手来说是个灾难。像铁丝和胶带这类一般家庭都会有的东西，山庄里是一样都没有。所以凶手还尝试了软管太粗根本塞不进缝隙的吸尘器、把伞骨和电视天线弄弯等方法。报纸卷成纸筒这种点子，若不是走投无路根本想不到吧。"

如果不是这种什么都没有的地方，凶手或许就不用绞尽脑汁了。山庄里没有尺子和痒痒挠儿那样细长的工具，也没有稍微粗一点儿的扫帚、鱼竿、高尔夫球杆和拉卷帘门用的钩子，更没有胶带、绝缘胶带、胶水等有黏性的东西。或许吸不住，但真的是连块磁铁都没有。长谷川的车里也没发现能用得上的工具，情况和山庄里一样。

"最后凶手放弃了。从做了那么多努力可以看出，凶手肯定是想把金属牌拿回去的，只是能想到的方法都试了，依然没能把东西弄上来，迫不得已只能将其留在现场。"

话虽如此，凶手肯定也是经过冷静思考的，结论就是金属牌不是非捡起来不可的证据。实际上，通过那块金属牌的确无法断定凶手的身份。上面只留下了被害人的指纹，没有血迹和其他任何痕迹。得知那是春眠会很久以前定制的钥匙圈后的确缩小了嫌疑人的范围，但通过其他线索同样可以推理出这一事实。因此，金属牌的出现并没有为破案提供关键线索。凶手肯定是做出这样的判断之后才放弃拿回金属牌直接离开的吧。

"十有八九就是这么回事。应该不是为了嫁祸给春眠会的人故意留在现场的。"

内田警部补平静地插嘴道。看来他已经把那块金属牌是假线索的可能性也考虑进去了。

"是的，凶手做了太多事，翻被害人的包、找遍整个房间、弄弯电视天线和伞骨、启动吸尘器、把公筷、掸子和报纸拿回房间，用报纸卷成纸筒，毫无效率且风险大。"

"如果真的是要嫁祸，把金属牌扔进缝隙就大功告成了。"矢野插嘴道。

就算没发现金属牌丢了也实属正常，所以只要制造这样的假象，也就没必要留下为了拿回金属牌做过各种尝试的痕迹了。

"没错。而且这次春眠会的旅行与上次时隔十几年，自持田发生意外之后就没有举办过这样的活动，能不能重聚都是个问题。也就是说，根本不知道金属牌这个假线索什么时候能真正起到作用。谁会为了这样一个虚无缥缈的机会等十几年呢。"

当年持田将那块金属牌交给春眠会成员以外的人的可能性几乎是不存在的。如果是某名成员故意把金属牌扔进去，只会引火烧身，起不到嫁祸的作用。

"因此，从缝隙里找到的金属牌并非有意为之，而是意外导致的结果，凶手肯定是不想把它留在现场的。从各种尝试痕迹也能看出，凶手很想将金属牌带走。而实际上，山庄里有人手上拿着能把东西拣出来的工具，是一样可以当铁丝用的日常用品。"

大槻警部又在卖关子，矢野完全摸不着头脑。

"凶手要是有那个，肯定早就用了。那个东西使用简单，随处可见，无论是谁都能想到怎么用。"

矢野听不懂大槻警部所指的是什么。

内田警部补也是一样，直接开口询问答案："是什么东西？"

"就是铁丝制成的衣架。干洗店里会用到的只有骨架的衣架。"

"衣架？"

矢野没能马上理解，反问道。大槻警部说的是从干洗店取回衣物时，会附赠的简易衣架吗？

"对。把弯的地方掰直就是铁丝。需要有一定的力气，不过不需要其他工具，徒手就能掰开。尖端也很细，能轻松勾住小孔。凶手连把报纸卷成纸筒这种招都想出来了，不可能想不到衣架。"

这么一提醒，矢野突然想起樱木出演过的悬疑电视剧。电视剧里的凶手曾掰开只有骨架的衣架，串上五元硬币制成凶器使用。手段稀松平常，只要看过那部电视剧肯定能想到把衣架掰直这个方法，也会马上意识到可以拿来当铁丝用。

"但最终凶手放弃拿回金属牌，把它留在了现场。明明就很想拿回去，却留在了缝隙里。这不是间接说明，凶手手上没有铁丝衣架吗？"

"原来如此。"内田警部补低吟道。

从向来深谋远虑的内田警部补的反应来看，他没想到这一层。

如果凶手手上有衣架，肯定直接就用了。用掰直的铁丝把金属牌捡起来，缝隙里什么都不会留下。

"那衣架在谁手上呢？"内田警部补恢复冷静，淡淡询问。

矢野急忙打开笔记本，翻找着问话内容。嘴里嘟囔着："是谁来着？"

"是尾羽满和村上美惠子。当时找二人私下确认过，尾羽的是长谷川给的，村上的是尾羽麻美给的，一开始樱木给了尾羽麻美，尾羽麻美又给了村上。所以没有衣架的人，除了已经遇害的三人，就剩樱木和长谷川了。"

大槻警部一字一句地说出了结论。根据第三个案子的条件，嫌疑人仅剩两人。

"尾羽满那个时候已经离开了山庄，至于他手上有没有衣架不得而知。不过通过其他条件可以将他排除，所以我们先往下说。"

从大槻警部的语气可以听出，这场推理演讲即将接近尾声。矢野屏住呼吸，仔细聆听着大槻警部接下来的话。

"现在已知这是一起连环杀人案，第二起案件的凶手同时也是第三起案件的凶手。因此，存在于两个圆重叠部分的人就是凶手。"

这是显而易见的真理。为此大槻警部才会在一开始证明几起案子都是同一人所为。

"山下遇害时，手上有车钥匙的人是尾羽满、樱木和己、横山典子，因此，这起案子的凶手在他们三个之中。横山遇害时，手上没有衣架的人是樱木和己和长谷川，他们两个中有一个是凶手。而同时存在于这两个嫌疑人名单中的人，就只有樱木和己。"

大槻警部表情平静地说出了凶手的名字。与之前饱含热情的推理不同，陈述结论时的语气是沉着而冷静的。

"樱木是唯一一个满足这两个条件的人，也就是在第二起案件发生时手上有车钥匙，在第三起案件发生时手上没有衣架。"

"那尾羽满呢？"

矢野想起了暂时保留的尾羽满。总觉得尾羽不是那种会随身携带衣架的人。

"哦，对，还有他。不过尾羽满在第二起案子的开头就可以排除在外了。他是听觉障碍者，耳朵听不见的人怎么听磁带呢？"

大槻警部不提醒，矢野都忘了，就算尾羽满手上有钥匙，他也听不了磁带，所以他不可能是凶手。

"可是，我们没有物证，不知道能不能起诉。"

务实的内田警部补已经在思考别的问题了。

"嗯，我也想到这点了，所以我在考虑要不要先放一放。"

说完，大槻警部将杯子里的咖啡一饮而尽。冰块都化了，肯定不凉了吧。

不知不觉，夜幕降临，窗外已是车灯交错。柏油路上的水流反射着各色灯光，映得路面光滑皎洁。

"走吧。"

把杯子放回托盘，内田警部补霍地起身。大槻警部轻轻点头，收拾东西准备回家。

看了一眼手表，已经快九点了。矢野把杯子刷干净，与二人一起走出了总厅大门。

## 间　奏

　　距离看完终章已经过去好几天了，樱木惴惴不安地等待着多根井的联系。

　　把问题篇的复印件寄出去之后，两人曾联系上一次。多根井答应樱木，看完原稿之后会去确认里面的内容是否属实。多根井这半年来都在国外，并不知道发生了这样的案子。不过他还是很干脆地应下了，说只要直接找到大槻警部问一下就行。

　　樱木这才有勇气看完了解答篇。原稿内容所带来的强烈冲击险些让他精神崩溃，他反复对自己说"这不是真的，这不是真的"，才勉强稳住心神。

　　看完之后，樱木立即将解答篇也寄了出去，想必这个时候多根井已经收到原稿，并开始看了。

　　樱木在等待多根井答复期间又看了几次原稿，不只是终章，问题篇也是翻来覆去看了好几遍。

　　结果绞尽脑汁也没能推翻大槻警部的论证。根本没有漏洞，如果这一切都是事实，那么樱木就会陷入不得不接受自己是凶手的境地。

　　因为樱木始终认为这其中有陷阱，所以看的时候相当仔细，就连一般来说不需要思考的地方也一一进行了检查。

　　例如，他最初想到的是尾羽满的耳朵是否真的听不见。如果他只是装聋,实际上能听得到声音的话,那么他绝对有资格成为凶手。

可再仔细一想,第二起案件中尾羽满有免死金牌。山下遇害时,他正在参加电视直播节目。磁带里的录音经过确认没有做过手脚,作案时间准确无误。这是绝对不会被推翻的完美的不在场证明。

更何况尾羽满根本没有装聋的理由。他可是频繁参加各种以听觉障碍者人权问题为中心的公益活动的公众人物。

那他有没有可能因为耳朵听不见而造成诸多误会呢。尾羽满在与人沟通时主要靠读唇语去理解对方的意思,要是完全理解成别的意思会怎么样呢?就像"烟"(tabako)和"蛋"(tamago)这两个词,说的时候口型一样,搞错的可能性很大。

不过就算单词容易搞错,放在整句话中应该就不会有这样的误会了。樱木怀着这样的疑问又重新看了一遍原稿的第一章,没发现有什么能影响案件的错误。

按照这个思路,就都是些不太正经,尚未脱离灵机一动的联想了。有没有可能用指语说的"尾羽"并不是名字,而是"阿姨"?在第一章中,始终用"麻美"来称呼尾羽麻美,那第二章之后的"尾羽"会不会指的不是麻美,而是阿满?樱木满脑子都是诸如此类的异想天开。

看了几遍之后虽然没发现什么有用的线索,但樱木还是有收获的。他找到了几处明显有问题的描写。

樱木对金属过敏,除了手掌,一旦碰触金属就会起疹子。因此,不仅手链等饰品,他平时连手表都不戴。而原稿中的樱木,项链、戒指、手表,一样不落,且没有任何过敏的迹象。

莫非只是用了"樱木"的名字,实际上自己根本没参加?给别的什么人取名叫樱木，让其成为故事里的登场人物？

"老师。"

就在这时，须美乃的轻声细语和敲门声一起传入耳中。从小心翼翼的声音里可以听出，她很担心樱木。

"什么事？"

"有您的电话，是多根井先生打来的。"

听到多根井的名字，樱木几乎跑着来到话筒旁边。此时他的心情很复杂，想尽快知道结果，又害怕是自己不愿听到的坏消息。

"是樱木老师吗？是我，多根井。"

拿起听筒，对面传来多根井不紧不慢的声音。樱木此时就像是等待放榜的考生，怀着期待与焦躁不安。

"调查结果出来了，请放心，老师您不是凶手。"

"这样啊。"

听到这个答案，樱木松了口气，但他依然没有完全放下心来。他感觉到腋下冒出了冷汗。

"不过在电话里说不清楚，我准备登门拜访，请问您接下来有时间吗？"

"当然。不过，我可以先问一个问题吗？既然我不是凶手，那就是说，原稿里的内容都是捏造的吗？"

樱木屏住呼吸，等待对方的回答。所有神经此时都集中在贴着话筒的耳朵上。

"不，所有与案件相关的细节都是真实发生过的事实。解答篇的确是作者的创作，不过论证中不存在错误。只是……"

樱木突然觉得头晕目眩，并非杜撰这一事实给他带来的打击过于强烈，导致他听不清多根井的声音。

"那故事里登场的樱木应该不是我吧？实际上我和案件一点关系都没有，对吗？"

这是樱木最后的期望。自己的声音在脑中不断回响，引起剧烈的头痛。

"不，的的确确是老师您。总之，见面之后我会为您解释……"

樱木听不到多根井之后说了什么，他只觉得眼前仿佛降下黑色的幕帘，漆黑一片，随后听筒也从手中滑落。

重　编 以及现在 ────

狂风大作，发出类似口哨的声音，天空仿佛随时都会洒下颗颗泪珠。理透过窗户抬头观望。

"听你的意思，我才是真凶？"

凝重的沉默持续了好一会儿，她终于开口了。她的语气就像冰刀，尖锐而冰冷。

"不，我不是说你是连环杀人犯，我只是说，给樱木老师寄去原稿，给他精神上造成前所未有的打击，最终杀死他的人是你。"

理说话时慢慢转过身，离开窗边，再次回到沙发上坐下。

"是吗？那谁是凶手呢？既然原稿里的论证没错，那凶手不就是刚毅吗？"

这大概是她自信的表现吧。她的惊讶方式很是刻意，双臂夸张地摊开，眼神却很坚定。

理端正坐姿，郑重其事地说："真凶是尾羽麻美女士。"

"这怎么可能呢。连环杀人案最初的受害人是真正的凶手？"

"对。"

"三起案子都是同一人所为，而且杀人手法还是无法靠机械自动完成的绞杀哦。"

"我知道。即便如此，凶手也是尾羽麻美女士。"理用平静、强而有力的声音强调道。

"是吗？既然你这么坚持，那就说说看吧，也打击打击我。"

她那带着挑衅的眼神中满是从容之色。嘴角泛起笑容，就像是什么有趣的游戏要开始了。

"好，那我就来说说看。"

理压抑着自己的情绪，将带花边的杯子递到嘴边。红茶已经凉透了。

"我对樱木老师也说过，原稿问题篇的内容全部都是事实。解答篇虽然是作者的创作，但也是基于事实构筑而成，大槻警部在故事中展开的论证，思维缜密、逻辑清晰，具有说服力。我反复看了几遍也没有找出错误。因此，锁定凶手身份的推理是完美的。"

"哎呀，这么快就投降了？"

她用手捂着嘴，发出很假的笑声。

"这倒没有，我只是说你真的很狡猾。"

"我可没承认是我写的哦。"

"也可以把狡猾换成巧妙。"理若无其事地挖苦道。

"既然你说论证没错，那凶手就是刚毅呀，所以他才会受到打击死掉了呀。"

她无视理的讽刺，从正面发动了进攻。

"这就是你的计划最恶毒的地方。完美论证出了一个不是真凶的凶手。"

"计划？"

"让人误以为樱木老师是凶手的计划。过去我曾经历过几起看似完美的论证实际上存在漏洞，又或是因新情报的加入结论发生改变的案件。简言之，就是最初的论证一般都是不完整的。而这次则不是。这个推导出不是真凶的凶手的论证没有任何逻辑上的错误，但只要将那些指向樱木老师是凶手的线索重新组装起来，就能找出真正的凶手。"

"听不懂你在说什么。"

"就算论证不存在错误，我依然可以找出别的凶手。也就是说，使用同样的线索，推理出来的结论也完全相同，而凶手却另有其人。"

"真的可以吗？"

"可以。"

理目不转睛地看着对方的眼睛，用低沉的声音答道。本想捕捉她产生动摇的瞬间，然而她的眼睛就像被点燃了一团火，也死死盯着理。

"你的原稿中的确只写了事实，但为了将樱木老师塑造成凶手还是需要做些手脚。我刚刚说的恶毒计划就是指那个诡计。"

通过刚刚的交谈，理明白，她不是轻易能击败的对手，于是决定上来就直击要害。

"只要戳穿那个诡计，就能用同样的论证找出真正的凶手。还有解答篇里暂时按下不表的那些无法理解的情况，我也能给出合理的解释。"

她突然放声大笑。刺耳的尖笑声在房间中回荡。

"装傻也没用。你是不是忘了我联系过大槻警部？而且事实一经确认，你的计划就会不攻自破。"

"我真的听不懂你在说什么。"

"我是说你在原稿上做的手脚。你将真实案件的顺序彻底颠倒，制订出史无前例的大计。"

正准备将头发拢上去的她，左手定格在那里。这或许是她那坚如磐石的自信染上的第一抹阴霾。

"你所写的内容本身并没有虚构的成分，可以说是如实地记述了现实中发生过的事。而与实际不同的是，原稿中的时间是倒着走的。三个案子的顺序完全颠倒了。"

手依然停在耳边,她沉默不语。理在心中祈祷,希望她有这样的反应是因为受到了冲击。

"实际上最初遇害的人是横山女士,第二名被害人是山下先生,最后才是尾羽麻美女士。而你将这三起案件分别冠以第三章、第二章、第一章,也就是相反的顺序重新排列,然后寄给了樱木老师。"

"我可没承认是我寄的。"

"按照真正的顺序去看这三起案件,传真那件事就没什么可奇怪的了,就是尾羽麻美女士在收到横山女士发来的传真后受到了惊吓一事。你在原稿里说'就像是见到了鬼',事实上也的确如此。当然,横山女士只是提前设置好了发送时间,而对于尾羽麻美女士来说,就是来自两天前已经遇害的人发来的传真,自然会被吓到。"

"不要在那里假设来假设去的,你若是想用这个顺序来解释,就先证明你说的是事实。"她声色俱厉地指责道。

"你说得对,接下来我就会证明。"

"你能证明?"

"我不是在问过大槻警部之后才看穿这个花招的,我从原稿中的矛盾发现了案件的顺序存在蹊跷。因为你没有对案件发生的情形本身进行加工,才会出现那些矛盾。"

"矛盾?"

"是的。因为都是些细节,所以你没注意到吧?接下来我会一一指出,为了方便说明,我将用大写的ABC来标记发现尸体的日期,而发现尸体的前一天则用小写的abc来标记。也就是说,尾羽夫妇抵达别墅当晚是a,在密室里发现尸体的早晨是A;三人为了通知活动终止,与尚未抵达的人联系那晚是b,山下先生的尸体被发现的那天是 B；横山女士迟到的傍晚是 c，发现她尸体的那个早晨是 C。没问题吧？"

"随便。"

她一副"真无聊"的态度将头扭向一边。

"那我就当你明白了。接下来我开始整理，原稿中写明了 A 是十四号。第一章的最后，长谷川先生拿到的晚报上写着当天的日期，是十四号。"

理翻开桌上的原稿，指出相应位置继续说明。

"那天之后正如你所知，连续三天都发生了命案。樱木老师不止一次提起过，幕间休息里也写着。就是说，如果原稿里的案件发生顺序是正确的，那么就是十四号到十六号这三天发生了连环杀人案。"

"很对。"

"樱木老师在 C 那天说，三连休到当天就结束了。原稿中他在客厅里边看新闻边说了这句话。"

理翻动纸张，这个情景在第三章的最后。

"众所周知，三连休的方案一般是星期五（节假日）到星期日，或星期六到星期一（调休），又或者是星期六到星期一（节假日）。现在已知有十四号，那么就可以将四月末到五月初的黄金周和新年这两个假期排除。另外，公务员有夏季休假，所以不享受盂兰盆节前后的长假。"

"电视上都说是三连休了，怎么可能是盂兰盆节和新年呢。"

她用轻蔑的语气说道。看来她已经整理好心情，重新找回了从容。

"谢谢补充。那么包括十四号在内的三连休就是十五号那天是节假日的情况，也就是十四号（星期六），十五号（节假日），十六号（调休）这一方案，除此之外都无法组成三连休，这个应该能明白吧。"

理省略了说明。只要套用之前提过的三种方案就能推算出来。

"只有成人日和敬老日是在十五号。具体是哪一个，通过对季节的描写就可以得知。我这就找出来。"

"不用了。不用每说一个问题就翻原稿。"

她有些焦躁地阻止了准备翻页的理。什么秋季夜空中有些寂寞的星星、秋高气爽的好天气，全都用到了秋这个词。

"好吧，那我就说结论了。事情发生在秋天，由此可以断定，案件发生在九月十四日（星期六）、九月十五号（星期日）、九月十六号（星期一）这三天。"

"真够啰唆的。"她像是强忍着哈欠说道。

"我这么做是为了不给你反驳的余地。或许有些陈腔滥调，但我想一步一步来。"

"好吧，我就听听你接下来怎么说。"她冷笑了一声。

"现在确定了具体的日期，根据日期再去思考当天发生的事，就会发现几处矛盾。只是你没注意到。"

"收起你的挖苦吧。"

"那我们按照顺序来看一下。首先从 A，九月十四日（星期六）开始。这一天分明是星期六，长谷川先生却给单位打去电话询问情况。他与村上女士先后都打了电话，但长谷川先生的工作地点是在西区政府。原稿里没有提到具体是哪个市，但一般来说区政府星期六都是休息或是上半天班吧，傍晚六点还给单位打电话不奇怪吗？"

区政府与图书馆、博物馆不同，只有工作日才会办公。就算不是完全关闭，星期六的业务也只截止到中午。

"还有一个,原稿里说,樱木老师六点以后去ATM机上取款,ATM机还自动收取了手续费。虽然每个银行不太一样,但星期六最晚到六点也关门了,没有哪个ATM机六点以后还能取出现金。"

"银行不是有自动现金支付机吗?他肯定是用了二十四小时都能小额贷款的那个机器。"

那样的机器是不会收取手续费的。但揪着这个问题只会没完没了,理选择无视,继续往下说。

"我们来说说B,九月十五日(星期日,节假日)吧。在这一天长谷川先生也给单位打去了电话。星期日,又是节假日,原稿里还写明了'这个时间是区政府即将结束一天工作的时间'。不觉得很奇怪吗?"

"或许是单位举办了敬老日活动一类的吧。"

"而村上女士在那天却没有打电话。在第一章中,她曾经用手语对尾羽满先生说,闭馆日是星期一,所以图书馆在星期日应该是开放的。还是说,是在警方做完笔录后才打的?"

"节假日也会闭馆的吧。"

"原来如此,或许吧。不过接下来我要说的两个问题就不容你狡辩了。这一天的早晨,在发现尸体之前,描写了长谷川先生看NHK连续剧的情景。当时还说了各种各样的理由,你应该还记得吧?但是,星期日是没有早间连续剧的。"

NHK电视剧的播放时间是星期一到星期六,不受节假日或休息日的影响,除了星期日每天都会播。

"还有针对村上女士找出当天的晚报来看的描写。报纸上还有标题为'美女公务员在山庄遇害'的报道。先不论前一天早晨发生的案件为什么不是登在早报,而是登在晚报上,最关键的是星期日根本没有晚报。这是非常明显的一处矛盾。"

她没有开口。此时的她已经换上严肃的表情，为了躲闪理的视线，始终盯着自己右手的手镯。

"c的部分也有同样的矛盾。已知C是星期一，那么前一天的c就是星期日，而在这一天又出现了横山女士看晚报的描写。不过说老实话，送报的人连那种地方都能送到，也实在让人佩服。"

理再次翻开原稿，用手指着相应的内容。

"那么，我们再来看看C，也就是九月十六日（星期一，调休）吧。这一天与B刚刚相反，长谷川先生没看早间连续剧。原稿里明明说就算出门旅行，他也不会改变习惯。在B那天不惜找借口也要看电视剧，这天却是在听广播。而且他是八点钟起来的，并没有错过播出时间，况且星期一是正常播电视剧的日子，怎么看都觉得很奇怪。"

"大概休息日不播吧。"

"不可能。算了，先不纠结这个。最后，再来说说村上女士与单位联系的描写。星期一是闭馆日，她却在五点左右给单位打去了电话。这一段是在长谷川先生接受完警方的问话，第三章最后那里提到的。"

"虽然是星期一，但节假日会开吧。"

"刚刚说星期日的时候，你不是说节假日会闭馆吗？"

理用随口一问的语气说出了这个刁难人的问题。她似乎也认识到自己说过的话有自相矛盾的地方，闭上嘴不再多言。

"疑点还挺多的。出现了这么多矛盾很难不怀疑设定上存在错误，而问题就出在最初的日期上。这就说明，案件并不是按照原稿中所写的顺序发生的。"

到这里，就是证明时间颠倒的前半部分内容。理端起盛着红茶的杯子，慢条斯理地滋润着喉咙。

"那么，我就来推测一下正确的顺序吧。从情况来推理日期。"

她始终将头扭向一边，闭口不言。大概是在计算自己承受了多大的打击吧。

"首先，A不是星期六，也不是星期日，更不是节假日。因为这些时间区政府不办公，ATM机一整天都不开放。从当天长谷川先生看了NHK的电视剧这个细节，也可以排除那天是星期日的可能性。那么A就是工作日。再加上村上女士当天跟单位通过电话，那么星期一也可以排除。综上所述，A是星期二到星期五的某个工作日。"

理又给自己的立足点加了一把土。为了让对方没有反驳的余地，他要一步一个脚印地推进。

"然后是B，从长谷川先生在这一天打电话可知，就是星期一到星期五的某个工作日，而村上女士当天没有跟单位联系，由此可以推测出，B是星期一。再加上报纸休刊日这个细节，星期一的可能性就更大了。"

所谓报纸休刊日，简言之就是不印报纸的日子。一般都会定在星期日或连休的最后一天，第二天会没有早报。而在这期间发生的事会刊登在下一期的晚报上。因此，就算是星期日早晨发生的事，也要等星期一的晚报出了才能看到。

前一天早晨发生的事一般都来得及登在第二天的早报上。就算版面不够，也不会跳过早报，直接在晚报上着重报道。

"因此只有一种可能，那就是当天没有早报。这就证明，B是报纸休刊日的第二天。"

"这样的话就不一定是星期一了。也有可能是调休的第二天，也就是星期二吧。"

她终于抓住一个小小的漏洞，提出了反驳。这么小的细节都不放过，可见她已经失去了那份从容。

"的确。但我可以证明C是星期日。长谷川先生在那天没有看NHK的连续剧，也没有给单位打电话。"

原稿中还提到了这一天托别人买的东西，其中没有报纸。平时都会一起送来，所以可以解释为这一天没有早报。

"那么B就只能是星期一。因为现在已经证明，C是星期日，A是星期二到星期五的某一天，案件又是连续发生的。既然B是工作日，不是星期六，那么能把另外两天连起来的日子就只有星期一了。"

"这些都是你信口胡诌。"

"不，是通过逻辑思维推导出来的结果。综上所述，C是星期日，B是星期一，A是星期二。原稿是A→B→C的顺序，而案件的实际发生顺序是C→B→A。"

"越来越可笑了。"

"可只有这样一切才合理。例如，A是星期二，前一天的a就是星期一，尾羽满先生在这里有一句没说完的台词。村上女士表示自己想去烫头的时候，他是这么回答的：'我原本也想去理发店染头发，不过今天……'他后面其实想说，今天是星期日，理发店休息，所以没去成。"

"不见得吧。也有可能是今天太忙了。"

"嗯，有可能。那在C那天，长谷川先生等待问话期间一直在听广播节目，甚至把电池都听没电了，你觉得他在听什么呢？如果这一天是星期日，那么他就是在听赛马直播，这也符合他爱好赌博的人设。"

"这完全就是你想象出来的吧，已经不是符不符合逻辑的问题了。"

"但只要按照 C → B → A 的顺序去梳理，一切矛盾就不复存在了。A 是十四号，B 就是前一天的十三号，C 则是再往前一天的十二号。把星期加上，就是十二号（星期日）→十三号（星期一）→十四号（星期二）。既然 C 是十二号星期日，又是三连休的最后一天，那么十号就是节假日。没错，就是十月十号，体育日。"

"这都什么跟什么呀。"

"这一系列的案件是从十月十二号星期日那天开始的。横山女士第一个遇害，然后是山下先生，最后是尾羽麻美女士，这才是正确的顺序。"

"无聊。"她把脸扭向一边。

"十月十一日星期六，横山女士抵达山庄才是真正的最初的情景。樱木老师和村上女士、长谷川先生当时已经到了。第三章的开头是这么说的，'与第一批抵达这里的人相比，她来得太迟了'。"

理指着原稿中这句话的位置。她完全没有扭过头来的意思。

"在这一章受到持田先生那起意外的影响，大家的心情都比较低落，但对话还是很多的，第二天早晨也是一样。这样的表现和第一章有很大差别，那是因为这个时候还没有人遇害。"

横山看的那份晚报上自然没有公务员接连遇害的报道。村上之所以皱眉，肯定是在心里责怪横山没有来帮忙准备晚饭，而是在那里优哉地看报纸吧。

"十月十二号，星期日一早，横山女士的尸体被几人发现。

然后警方介入调查,对几人进行询问。接着画面一转,直接进入第二章。那是几人在山庄迎来的第二个夜晚。他们想通知活动终止的对象当然就是山下先生和尾羽夫妇了。"

理像刚刚一样指着原稿上相应的内容。她依然扭过脸去不肯看。

"村上女士在这一段提起了单位的琐事,但接的其实是第三章最后打的那通电话。她提到的被杀的管理层女性指的也不是尾羽课长,而是横山副所长。收音机的电池是听赛马直播消耗光的,因为长谷川先生在等待问话期间一直在听收音机。"

"说的就好像你亲眼所见似的。"

"三人最后还是留在山庄,在十月十三号星期一发现了山下先生的尸体。警方开始调查后提到的前一天的案子,指的是横山女士被杀案。从现场留下的各种线索可以判断出,两起案件是同一凶手犯下的连环杀人案。横山女士和山下先生都是被同一人所杀。"

因此,晚报标题上说的美女公务员自然是横山。尾羽麻美虽然也很漂亮,但第三章写着,横山也是个美人。

"十三号夜里,尾羽夫妇终于抵达。他们足足晚了两天,因为尾羽满先生必须参加深夜节目的录制。就是山下先生的磁带里录到的那个节目。也是因此阿满先生才需要住酒店。"

那个时间就算能打到车,司机师傅也会因为尾羽满听不见而拒载。与其遭人白眼,不如直接住酒店。他肯定是这么判断的吧,所以外宿的尾羽满并不知道妻子的行动。

"请人来做客,客人到了,留在山庄里的三人不可能马上提出要回去。毕竟此次聚会的目的是鼓励尾羽麻美女士。就算心里有一百个不愿意,还是只能继续住下来。尾羽满先生其实已经察觉到气氛不太对劲了。"

见面时，两名男士都面带疲惫，村上的笑容也有几分勉强。毕竟才经历了那么长时间的问话，会有这样的反应也正常。

"十月十四日，星期二，几乎没什么对话。大家都开始相互猜忌。之前已经死了两个人，从头到尾都身在山庄的三人对敲门无人回应这件事变得敏感。之后就发现了尾羽麻美女士的尸体。"

是吊在天花板横梁上的尸体。勒痕虽然有些蹊跷，但没有断定是他杀。

"警方的调查结束后，尾羽满先生便离开山庄，故事到这里也结束了。看吧，按照这个顺序矛盾自然而然就消失了。"

她的眼神中满是厌恶地瞪着理。"你觉得这样就算是证明了？"

"当然。而且是相当严密的证明。你应该没忘吧，刚刚说到的这些是已经向大槻警部求证过的事实。甚至还有尾羽麻美的自白书。"理语气平静地向她宣告着结果，然后静静地啜着已经冷掉的奶茶。

"这就是你的'撒手锏'啊。好，那你继续。我就当你的假设是对的，听听你接下来还想怎么编。"

她咬牙切齿地做出了让步。看着她紧紧咬着嘴唇，理甚至担心她会不会咬出血来。

"把时间颠倒这件事搞清楚之后，后面的就简单了。可以直接用大槻警部的论证来推理出真凶。线索没变，推导出来的符合凶手的条件也相同，但现在纠正了案件发生的顺序，符合条件的人自然也就变了。所以我才说我能找出樱木老师以外的凶手。"

理选择无视，自顾自地说着。与最初不同，她的眼神中不再有从容。

"那么接下来就要开始论证了。为了方便说明,我会将原本的顺序称为正序,相反的顺序称为倒序。即案件实际发生的顺序是正序,原稿里用的则是倒序。"

"随便你怎么叫,不用给我解释。"

"那我就这么称呼了。大槻警部推理出来的凶手的条件有两个。第一,山下先生遇害时有车钥匙的人;第二,横山女士遇害时没有铁丝衣架的人。到这里为止的推理过程没有任何问题。在倒序中,只有樱木老师满足这两个条件,让我们来看看在正序里是什么情况吧。"

说着,理从包里取出一张纸。纸上画的是车钥匙和铁丝衣架去向的示意图。

"只用嘴说不够清楚,所以我画了张草图。请看。首先是车钥匙,在倒序的第一章中,尾羽满先生和樱木先生都从别人手上拿到了车钥匙。而实际上他们分别是在十三号和十四号,也就是山下先生遇害之后才拿到钥匙的。能明白吗?山下先生遇害时,车钥匙实际上是在长谷川先生和尾羽麻美女士两人手上。因此在正序中,除了已经遇害的横山女士,这两个人才是嫌疑人。"

在倒序里,嫌疑人是樱木老师、尾羽满和横山典子这三人。正序和倒序的人员名单完全不同。

"关于衣架的去向我也做了示意图。倒序里是在第一章将衣架交给了村上女士和尾羽满先生,而实际上这一行为发生在十三号晚上,也是发生在命案之后。因此,横山女士遇害时手上有衣架的人分别是樱木老师和长谷川先生。没有的人是尾羽满先生、尾羽麻美女士、村上女士、山下先生。在正序中,这四个人才是嫌疑人。"

倒序的话,樱木老师和长谷川知之是嫌疑人。和刚刚一样,

**车钥匙的去向**

倒序

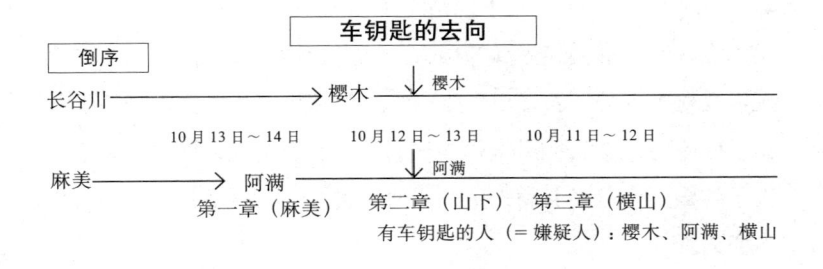

长谷川 ──────────→ 樱木 ↓樱木 ────────────────────────
　　　　10月13日~14日　　10月12日~13日　　10月11日~12日
麻美 ───→ 阿满　　　　　↓阿满
　　　第一章（麻美）　　第二章（山下）　　第三章（横山）
　　　　　　　　　　　　有车钥匙的人（＝嫌疑人）：樱木、阿满、横山

正序

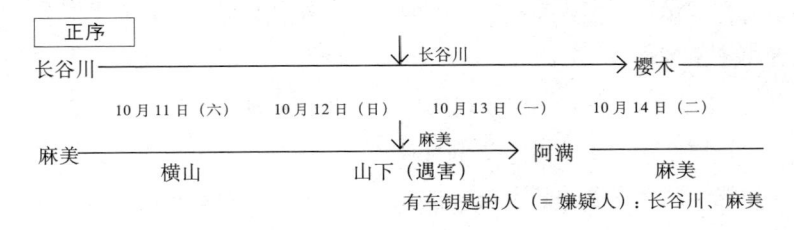

长谷川 ─────────────────↓长谷川 ─────────→ 樱木 ──
　　　10月11日（六）　10月12日（日）　10月13日（一）　10月14日（二）
麻美 ──────────────────────↓麻美 ──→ 阿满 ──────────
　　　　　横山　　　　　山下（遇害）　　　　　　麻美
　　　　　　　　　　　　有车钥匙的人（＝嫌疑人）：长谷川、麻美

**铁丝衣架的去向**

倒序

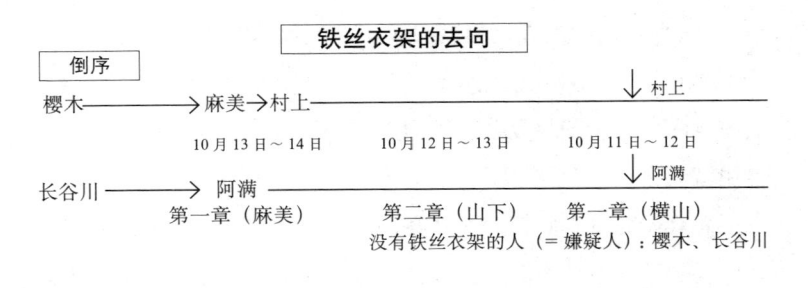

樱木 ──→ 麻美→村上 ──────────────────↓村上 ────────
　　　　10月13日~14日　　10月12日~13日　　10月11日~12日
长谷川 ──→ 阿满　　　　　　　　　　　　　　↓阿满
　　　第一章（麻美）　　第二章（山下）　　第一章（横山）
　　　　　　　　　　　　没有铁丝衣架的人（＝嫌疑人）：樱木、长谷川

正序

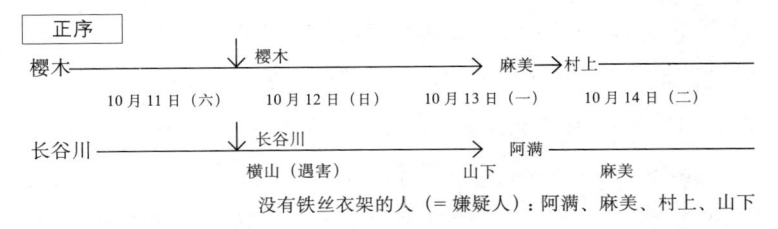

樱木 ──────↓樱木 ──────────────→ 麻美→村上 ────────
　　　10月11日（六）　10月12日（日）　10月13日（一）　10月14日（二）
长谷川 ──────↓长谷川 ──────────→ 阿满 ─────────────
　　　　　　　　横山（遇害）　　　　山下　　　　　麻美
　　　　　　　　没有铁丝衣架的人（＝嫌疑人）：阿满、麻美、村上、山下

人员名单完全相反。

"来整理一下吧。在倒序里，山下先生那起案子的嫌疑人是樱木老师、尾羽满先生、横山女士三人；横山女士那起案子的嫌疑人是樱木老师、长谷川先生两人。而在正序里，山下先生那起案子的嫌疑人是长谷川先生、尾羽麻美女士两人；横山女士那起案子的嫌疑人是尾羽满先生、尾羽麻美女士、村上女士、山下先生四人。"

理指着图上标着的嫌疑人名字。而她却双目紧闭，就像是在承受某种痛苦。

"凶手已经显而易见了。山下先生和横山女士是被同一人所杀，因此，凶手的名字必须同时存在于这两个名单之中。在正序里满足这两个条件的人也只有一人，那就是尾羽麻美女士。"

理的态度依然谦虚，平淡地说出了凶手的名字。她依然保持沉默，没有睁开眼睛。

"凶手在杀死二人之后就自杀了，所以这起连环杀人案的结构原本很简单。只要按照正序去看，轻易就能看清整体的构图。更改顺序使案情变得复杂。因为连续杀死两人的凶手在第一起案件中就死亡，不存在了。"

而且后面发生的两起案件会误导他人认定这三起案件都是同一凶手犯下的连环杀人案。最初死亡的麻美又是死于绞杀，而且已死之人怎么可能是杀害山下和横山的凶手呢。

"'尾羽麻美女士是凶手，并在最后一起案件中自杀'这个推理结果没错，所有令人感到困惑的地方也都变得顺理成章。例如，尾羽满先生觉得自己的妻子不太对劲，是因为麻美女士此时已经决定要自杀了；当樱木老师将衣架递给麻美女士的时候，她之所以会感到吃惊，是因为她意识到，樱木老师已经猜到那两起案子是她做的了；麻美女士会因为山下先生的一通电话便惊慌失措，肯定是因为电话打来的时间不对。她骗阿满说是早晨她洗澡的时候打来的，实际上是夜里打来的，因为她担心丈夫知道自己大半夜不在家后，会数落她。"

横山发来的传真也是同样的道理。人是自己杀的，一想到对方有可能死而复生，自然怕得要死。

"从软盘上的笔迹也可以看出，尾羽麻美女士就是自杀而死。遗书也的确是她本人编写留下的。现场形成密室也是因为麻美女士将门反锁后自杀所致。"

"那就怪了，她脖子上应该留下了只有他杀的时候才会造成的勒痕，所以警方才会怀疑她有可能不是自杀吧。"

她已经顾不上端架子，立即提出反驳。从她急切的语气可以听出，她彻底慌了。

"对，但先将人勒死，再把尸体吊起来留下的勒痕，与先被人用力勒紧脖子，其本人再自杀留下的勒痕，呈现出来的状态是一样的吧？尾羽麻美女士是先被人勒住脖子但并没有勒死，之后又自行了断的。"

她咬着下唇没有说话。她这才发现，刚刚是理故意挖了个坑给自己跳。

"你发觉，是尾羽麻美女士杀了横山女士和山下先生。就像原稿的解答篇中描述的那样，是通过逻辑推理得出那个结论的吧。死意已决的麻美女士没有否认，反而把绳子递给你说'你杀了我吧'。而你接受了她的提议。"

"胡说八道。哪有人听到这样的要求会真的杀了对方啊。"

之前像剃刀一样尖锐的声音似乎不再那么锋利。她渐渐没有力气抵抗了。

"是啊。你也没打算杀她,你只是想给樱木老师留下杀人这个刺激的体验。这样可以折磨樱木老师,顺利的话或许还能杀了他。而实际上,你也的确成功了。"

"你连这都知道……"

"是的。所以,能不能告诉我,尾羽麻美女士为什么要杀了那两个人?虽然我多少能猜到,但你亲口问过麻美女士吧。"

理说话的时候,她低下头,看着右手的手镯,用力攥紧手指,就像是在忍受某种煎熬。

令人窒息的时间缓缓流逝,只有呼啸的风声会时不时地打破这凝重的沉默。她肯定是在思考,该不该再退一步,鼓起勇气撤退吧。理丝毫不敢懈怠,死死盯着她。

"对,你说得没错,我的确听她亲口说出了心里话。我证明她是凶手后,她就自己主动交代了作案动机和步骤。她说已经把一切都写在自白书里寄给了警方,但她依然渴求能向人倾诉。在她的潜意识里,这样的行为相当于忏悔吧。"

说着,她抬起头,看向窗户。外面不知什么时候下起了雪。

"持田先生意外身亡时,尾羽麻美女士与他之间存在不正当关系吧。据我猜测,同样死于意外的儿子也是持田先生的孩子,对吗?"

听到理的疑问,她缓缓转过头。她眼神中的敌意渐消,取而代之的是一瞬间的落败。

"对。尾羽与持田感情深厚。他们不是为了寻求一时的刺激,而是真心相爱。尾羽为背叛丈夫而感到内疚,同时又情不自禁。"

明知不对,又无法靠理性抑制的感情。两人都一发而不可收地爱上了对方吧。

"可是,麻美女士与她丈夫之间的关系也不差吧?"

"当然。只不过，随着与持田之间关系的加深，尾羽开始怀疑自己对丈夫的感情究竟是什么。是不是把她对残疾人的态度、对解决问题的方法抱有的热忱与共鸣，错当成了爱情。"

"她是在遇到持田先生之后才产生这种想法的吧。"

"是的。不过尾羽很在乎丈夫的感受。或许她并不爱她的丈夫，但她尊敬自己的丈夫，也愿意为其付出，只是没有怦然心动的感觉……"

持田在麻美心中是特别的吧。她将钥匙圈当成持田的遗物贴身保存就是最好的证明。

"他们是那么深爱着对方，所以当持田死于意外时，尾羽本打算随他而去。但就在这时，她发现自己已经身怀有孕，这才放弃了寻死的想法。"

"你的意思是说，那个孩子的确是持田先生的？"

"尾羽知道孩子是谁的。她还说过，这个孩子是她唯一的救赎。而且既然没人知道这件事，不如谎称这就是她与丈夫的孩子将其抚养长大，这才是最好的选择。"

"阿满先生总感觉与麻美女士之间有隔阂，就是这个原因吧。因为她心中藏着一个绝不能让丈夫知晓的秘密……"

所以当那个孩子死掉时她才会整日以泪洗面啊。儿子是支撑她活下去的唯一的信念。正所谓造化弄人，这次意外与持田那次很相似，更是雪上加霜。相当于让她重新经历了一遍那个时候的悲剧。

"而就在这时，关于那次意外的传言传到了麻美女士耳中。传言说那两个人对持田先生见死不救，相当于是他们杀了持田先生。"

"是的。为横山诊治的女医生也把真相告诉给了尾羽。女医生在治疗过程中得知造成横山患上酒精依赖症的原因与那次意外有关,于是特意打电话向尾羽求证。她们本身有私交,再加上尾羽又是横山的朋友,这么做也无可厚非。"

"那名女医生泄露了患者的隐私?"

"并不是,是横山为了缓解自己心中的愧疚,拜托女医生的。她自然不知道尾羽与持田之间有亲密关系。"

失去儿子后,尾羽本就燃起了对二人的恨意。就在这个节骨眼儿上,她又从医生口中得知了意外的真相,为了报仇而付诸行动也不足为奇。

"再加上麻美女士还查出癌症,只剩下几个月的生命。"

"对。"

她缓缓点了点头。大概是觉得事情到这里已经交代清楚,不打算继续说下去了。

不治之症的消息无疑是压倒骆驼的最后一根稻草。儿子不在了,连自己也没几天好活了,麻美终于下定决心先杀了那两个人后再自杀。

"不过尾羽最后还是迟疑了。持田的仇必须要报,但留下丈夫一个人在世上……"

"很担心,是吧。"

"嗯。而就在这时,她突然收到了一封求之不得的邀请函。在尾羽看来,这是一次千载难逢的机会。"

"原来如此,简直就是天赐良机。"

理重重点了点头。麻美或许听到了持田的召唤。

"麻美女士身材瘦小,手无缚鸡之力,之前大概一直苦恼不知道该如何下手以及该在哪里下手吧。自己家里还有丈夫,把对方叫出来会引起怀疑,还会留下证据。可又不能在大马路上直接袭击。"

右手有残疾的麻美只能靠出其不意，在条件对等的情况下很难得手。必须先控制住对方再将其杀害。不过要想让对方吃下安眠药，就需要满足环境条件，而山庄里的单间就是完美的犯罪场所。

"麻美女士认识很多医生，能轻易搞到安眠药。而且她刚刚丧子，为了能睡得着也会服用安眠药吧。让对手睡着就可以不用考虑右手的残疾这个不利条件了。而且她平时就戴着手套，这一点反而有利，因为不会留下指纹。"

之所以选择将人勒死，是因为她了解绳索吧。毕竟单套结单手就能轻松完成。

"那具体是怎么实施的呢？按照实际发生的顺序，先来说说横山女士那起命案吧。"

时间是十月十一日，星期六夜里，准确地说是星期六凌晨一点左右。对应原稿第三章的内容。

"对麻美女士来说，这两天可以不回家。因为尾羽满先生为了参加深夜节目的录制，住在酒店里。就算半夜出门也没人会生疑，还不用担心丈夫会打电话回来。"

耳朵听不见的阿满打不了电话。根据平时对他的了解，麻美知道他也不会拜托别人打电话。

"麻美女士晚上出发前往山庄，先确认所有人都回到了房间，还会着重确认横山女士是否是一个人。幸运的是，其他三人都被分配到了二楼的房间。于是，她悄悄来到了横山女士的房间。"

虽然实际上并非如此，但在麻美的计划里，那三人多半会喝醉。她早就算好只有横山不会喝酒，其他人在喝了酒之后就不会轻易察觉到她进入山庄了。

"横山女士肯定会被她的举动吓到吧，但她只要解释说本想开个玩笑，结果到得太晚了，对方也不至于大叫出声，毕竟麻美女士是为自己介绍医生、关系要好的老同事。她以不忍心叫醒另外三个人为借口说服横山女士，并让其喝下自己带来的鱼腥草茶。为了消除对方的戒心，麻美女士肯定也让横山女士把她的鱼腥草茶倒进自己的水壶盖里了吧。"

"尾羽说，横山丝毫没有起疑。尾羽将仇恨埋藏在心底，从始至终都没有表现出来。"

"应该就是这样了。在药物发挥效用，横山女士睡着之前，麻美女士曾将那块金属牌拿给对方看。大概是想最后再确认一下那起意外的真相吧。但横山女士不愿想起那段往事，一把抢过金属牌扔了出去。金属牌冲破贴在墙边的纸，掉进了墙壁与桌子之间的缝隙里。"

看到对方如此过激的反应，麻美相信了之前听到的事实。她拿出提前准备好的绳子，绕在横山的脖子上，直至将其勒死。

"至于之后怎么寻找金属牌，又为了把它捡上来花了怎样的功夫，就和解决篇里写的一样吧。山庄里没有称手的工具，麻美女士的车里也没有放任何东西。也许有人带了口香糖，但她实在不敢冒险潜入其他人的房间，只能劝慰自己，幸好没在上面留下指纹，然后放弃离开。"

"麻美说，她把吸尘器从壁橱里拿出来，想试试会发出多大声音时，听到楼上有动静。于是她什么都来不及收拾就匆忙离开了。"

肯定是长谷川被吸尘器的声音吵醒的时候吧。那么庞大的身躯，只是从床上下来的动静就足以传到楼下了。

"接下来是山下先生的命案。阿满先生这天要录制节目，麻美小姐依然可以自由行动。"

时间是十月十二日，星期日的夜里，准确地说，是星期日凌晨一点左右。对应原稿的第二章。

"横山女士的尸体是星期日早晨被发现的，所以有关这起案子的报道没能赶在早报上刊登。星期日又没有晚报，再加上这一天是报纸休刊日，所以第二天也没有早报。因此，报纸上没有这则新闻，山下先生和尾羽满先生对发生案件的事完全不知情。当然，电视上肯定会对该案进行报道，但山下先生工作太忙，没时间看电视，阿满先生则是根本听不见。也就是说，二人没有机会得知此事。"

在这个阶段，警方不会对其他预计参加此次旅行但尚未抵达的人进行问话。长谷川虽然打了好几个电话，却始终没联系上。

"在发生了这样的命案之后，其他人有可能就此离开山庄，但也不是什么大问题。麻美女士本就打算让山下先生坐自己的车过去，自杀也不一定要在山庄里。在同一个地点固然是最理想的，不留下倒也无所谓。不过，她相信山庄里的几人会等自己。"

"尾羽担心的是山下会因为工作抽不开身，万一他临时有事去不了就麻烦了。"

"是啊。麻美女士大概是这么跟山下先生说的，'等我丈夫的话，就要晚两天才能到，太过意不去了，所以我打算先过去，你要不要一起'，还提议偷偷过去吓他们一跳吧。山下先生有单独的办公室，电话能直接打进他的部长室，所以不用担心打过电话这件事会被别人知道。"

因为不知道发生了命案，所以山下也没理由怀疑对方的举动有什么不妥。再加上他本就喜欢恶作剧，所以当即答应了那个提议。

"除了山下先生因为加班，在麻美女士出门之后给她家里打去了电话之外，一切都很顺利。她一路调整时间，争取在半夜抵达目的地，为的是可以用'大家都睡了，明天再给他们个惊喜吧'这个理由来说服对方。麻美女士还料到，山下先生会劝之前因为要开车所以没喝酒的自己喝两杯。那是山下先生长年以来的坏习惯。"

就算对方没主动邀请，她也能找个别的什么借口进入山下的房间。试问美女半夜来访，有几个男人会不欢迎呢。

"然后麻美女士劝山下先生喝下加了安眠药的威士忌。为了方便处理，她自己喝的应该是罐装啤酒吧。山下先生本就醉了，所以应该很快就会睡着。而这个时候，电视刚好播到了尾羽满先生参加的节目。"

"尾羽说，她当时很怕，仿佛丈夫一直在看着自己的所作所为。"

"能理解。再说回案子吧，我想山下先生在睡着之前应该是产生了怀疑，他出于本能按下了随身携带的随身听的录音按钮。不过他当时脑子已经不清醒了，丧失了判断能力，大概连他自己都不明白为什么要那么做。最终也没能录下有用的线索，就这么睡着了。"

所以磁带里才会只录下醉醺醺的声音。如果山下意识清醒，应该会叫出凶手的名字。

"不过当麻美女士杀完人之后，还是被磁带的存在吓到了吧。她无法对其置之不理，因为那里面有可能录下了她的声音，山下先生也有可能叫过她的名字。所以她想听一下，有没有录到有价值的线索。"

磁带和信、照片不同，处理起来并不容易，无法撕碎或烧掉后扔进厕所里冲走。要是扔得太远，人们可能会怀疑凶手不在山庄里，可要是扔得太近又担心会被轻易发现。

"山下先生的随身听当时没电了，她肯定不会去找电池或是充电。因为横山女士那次已经让她吃了不少苦头。车里是相对来说比较安全的地点，她应该是直奔那里而去的。"

长时间留在现场太危险了。听完整盘磁带至少要一个小时的时间。

"结果磁带里并没有录下任何线索，只录到主持人在节目上介绍尾羽满先生的内容。于是麻美女士决定把磁带放回去，应该是想到把磁带毁掉反而会成为线索吧。"

而且那盘磁带能成为阿满完美的不在场证明，算是关心丈夫的麻美给阿满的一点补偿吧。

"麻美女士把磁带放回随身听里的时候，犯了一个错误。她把 AB 面弄反了。当时房间里很黑，再加上重新回到现场的恐惧导致她心神不宁吧。这也是人之常情。"

用布把磁带擦干净也是麻美的败笔。她大概是担心用车里的磁带播放器会不会粘上什么东西，结果反而为警方提供了线索。

"接下来再说说最后一晚吧。麻美女士自杀案。"

时间是十月十三日，星期一夜里，准确地说，是星期一凌晨一点左右。对应原稿第一章的内容。

"这天的早晨是从收到传真开始的。横山女士算好二人出发的日子，设置了自动发送。在麻美女士看来，根本就是鬼来电。而对案件不知情的阿满先生自然想不通这其中的蹊跷。"

在他们出门之前，晚报应该还没有送到。警方的问话时间太久，山庄那边也就没跟他们联系。

"当晚，麻美女士决定自杀。为了不被误会成是他杀，她准备了遗书，将门从里面反锁。为了不让警方走冤枉路，她还写好了自白书。同时也是为了能让自己的朋友们尽快摆脱这段不好的经历。"

警方始终没有找上樱木老师，也是这个原因。因为在现实世界里，案子早就告破了。

"麻美女士将整件事情的前因后果都写在了自白书里，遗书里却是只字未提。因为如果写了就必须提及杀害二人的动机，那就相当于公开了她与持田先生之间的关系，所以遗书里只写了表面的理由。"

阿满也是个白发人送黑发人的可怜父亲，而且他很快还会失去妻子，要是再让他得知遭到了背叛，就是往伤口上撒盐。麻美认为，为自己先走一步向阿满道歉或解释都毫无意义。因为不管她说得再天花乱坠，也无法掩盖她选择了持田的事实。

"为了更容易与前两个案子联系起来，麻美女士准备了同样的绳子和放了安眠药的饮料，这么做也是希望能尽量减少警方的负担吧。她周到地准备好遗书，将门窗从里面反锁，接下来只要把绳子绑到横梁上就行了。"

说到这里，理偷偷观察她的表情，她没有任何反应。始终用好看的侧脸对着这边，连眼睛都没有眨一下。

"就在这时，你敲响了她的房门，说出你的推理，指明麻美女士就是凶手。决心赴死的麻美女士虽然很吃惊，却没有否认，向你坦白之后，还把绳子交到了你的手上吧。"

她或许没在听理说些什么，目不转睛地盯着随风狂舞的雪花。

"你有自己的盘算，勒住了麻美女士的脖子。你只是把人勒昏了，并没有杀了她，但成功留下了他杀时才会有的勒痕。你离开之后不久，麻美女士便苏醒过来，发现自己没死，于是按照自己最初的计划，上吊自杀了。"

"喝下加了安眠药的可可，麻美再次将门反锁。把绳子绕过横梁，系好绳圈，然后把头探了进去。既然是自杀，房间自然呈现出了密室状态。她勒住麻美的脖子，留下疑似他杀的勒痕，这才引起了混乱。

"到这里就是麻美女士作案的大致过程。有补充或订正吗？"

漫长的推理结束，理长长舒了一口气。端过茶杯，将剩下的红茶一饮而尽。

麻美只希望计划不要在她自杀之前败露就好，因为她已经将详细的作案过程写下来寄给了警方。麻美更怕动机被人揭发，因为她唯独不想让阿满知晓自己与持田的关系。

她似乎终于想起理来了，慢慢转向这边，用左手拢了拢头发。

"我听明白了。真凶是尾羽麻美，不是樱木刚毅。原稿里的顺序被调换了，所以让他看起来像是凶手。是这个意思吧？"

"对，我证明的就是这个。"

她的声音再次恢复冰冷。理盯着她的长睫毛如此答道。

"我承认，尾羽的确将一切都告诉我了。也的确是因为我曾勒住她的脖子，导致案件表面上看起来是一起密室杀人。但这不能说明是我杀了刚毅吧。你有什么证据证明，原稿是我写好并寄给他的？"

"因为除了你没人写得出来，能预见樱木老师会为这份颠倒了顺序的原稿而苦恼的人只有你。"

理在说话的过程中始终盯着她的眼睛。那双眸子里不再是火的颜色，反而射出道道被打磨过的金属般的寒光。

"你计划的第一步，是给樱木老师寄去说他是杀人凶手的信。

因为你知道樱木老师的脑海里还保有曾勒住别人脖子的记忆。老师因此大受打击，但总算挺过来了。那不过是他人的恶意中伤，欠缺说服力。这次你应该是想用逻辑推理把他逼入绝境吧。你想通过真实体验过的触感加上缜密且完美的推理，逼着他不得不承认自己是杀人凶手。你的计划非常成功，樱木老师的人格终于撑不住崩溃了。我说得对吗，樱木和己女士。"

† 

她就像一座冰雕，一动不动。死死盯着戴在右手上的银手链。

"你是樱木老师分裂出来的女性人格。樱木老师拥有多重人格。"

这个瞬间，之前仿如冻住的空气突然开始流动，就连窗外的白色雪花似乎都顺势跑到房间里来了。

"樱木老师的男性人格是樱木刚毅，而你的名字是樱木和己吧。"

她没有回答，嘴角泛起一抹冷笑。她用妆容掩盖了本来面目，但从这个笑容可以看出，理说对了。

"樱木老师的成长经历为他之后患上多重人格埋下了伏笔。在幼儿期曾遭受暴力是引发这种疾病的典型因素之一。"

有着古代武士风范的父亲打着教育的名义，使用暴力手段管教外貌和性格都偏女性化的樱木老师。在这样的环境下，樱木绝对有可能为保护自己而分裂出另外一个人格。

"对，刚毅就是那个时候产生的人格。为了在父亲面前表现得像个男子汉，我创造出了男性人格。"

她开始喃喃自语。房间里很温暖，可不知为何，恍惚间好像看到她吐出来的气泛起了白雾。

"细想起来，他完全没有关于案件的记忆就暗示了这一事实。因为人格转换期间是没有记忆的。"

樱木老师总是担心自己会失忆，证明他之前已经有过多次这样的经历了。

"多重人格里有个很方便的人格，就算其他人格出现也能记住所有的体验。而你就是樱木老师体内的这个人格吧。老师，也就是刚毅只知道自己经历过的事，而你却知道包括刚毅在内的所有人格的体验。"

虽然很不可思议，但这就是事实。在多例多重人格病例中，都曾提及这种记忆记录装置。

"所以你知道樱木老师的存在，老师却不知道你的存在。他一直为失忆所苦，却从没想过自己会有其他人格。其实你尝试过很多次，想让老师察觉到你的存在。稍后我会针对这件事进行具体分析。总之，樱木老师只觉得自己是精神上出了问题，苦恼不已。"

和己高兴的时候就会随意占用樱木老师的身体，不高兴了可以随时消失。在其他人格出现时，她也保有全部的记忆。刚毅则会被迫失去这段与自己意识无关的时间，并丧失那期间的记忆。其他人格姑且不论，至少这两个人格之间应该就是这样的机制。

"你出现的时候也会装作男人，发生那几起案子期间你的表现就是典型的例子。原稿中登场的樱木老师实际上是你——樱木和己。无论你的外表看起来有多女性化，在生物学上你依然是男人，而且这样还能帮你避免不少麻烦。"

即便如此，村上还是察觉到了异样，大概是女性的直觉比较敏锐吧。原稿里也提到了，村上感觉樱木是轻视女性的，但有的时候又会有相反的感觉。樱木老师对村上表示关心的时候，反而让她开始疑神疑鬼。从某种意义上来说，村上对樱木老师的日常生活是不是也全靠演技的猜测，还真的没错。

"不过在聊到内衣的时候，你还是不小心说漏了嘴。你说无肩带聚拢型内衣是前面扣扣。对女性来说，内衣也是服装，都是穿在身上的东西。对男性来说内衣除了可以脱下来，什么都不是。会想到前面扣扣是完全的女性思维。"

实际上，同样在场的长谷川就只想到了在前面解开。一般男人是不会把内衣当衣服看的。

"还有过敏的事。多重人格最令人难以置信的地方，就是体质会随着人格改变。樱木老师对金属过敏，而你却不会。现在你就戴着手链。"

理指着她的右手。银手链闪闪发光，仿佛在向微弱的灯光示威。

"原稿中的樱木老师戴着手表、戒指和项链等金属制品，所以老师才会觉得那不是自己。而事实上，老师的确牵涉其中。那么就只有一种可能，当时在山庄里的是不会对金属过敏的另外一个人格。"

有相关病例报告指出，人格不同，不单单是指人的印象、气质和态度会变，就连神情、嗓音、笔迹和体质都会发生改变。

"好吧，我承认，是我参与了那一连串案件。毕竟我刚刚已经承认，听了尾羽的自白，还勒住过她的脖子。"

她话里带刺，口吻冰冷，就连她的皮肤似乎都变得像雪妖一样，白得透明。

"既然你承认了，那么原稿就是你寄的。因为有些内容只有你才写得出来。"

"如果你是指'幕间休息'部分的话，谁都写得出来。"

"也包括那部分在内。那是只有樱木老师才知道、与他记忆中的影像相重叠的场景。手上的触感和印象极富冲击的画面，如果不是老师亲口讲述，是写不出来的。不过起决定性作用的，还是你颠倒了案件发生的顺序。而且除了你，没人会期待这么做能有什么效果。"

她第一次歪了一下头，似乎没能马上明白理的意思。

"不明白吗？原稿中案件发生的顺序与实际相反。如果樱木老师真的是当事人，你觉得他会发现不了吗？正因为人格发生了转变，这个计划才会成立。只有知道老师没有关于案件任何记忆的人才会想到给他寄这样的原稿。"

樱木老师担心自己是不是杀了人，将这件事藏在心底，没有向任何人透露过，在收到原稿之后也只告诉了理一个人。

"而知道这一事实的人就只有你。除了与樱木老师交换人格、全程涉案的你，没人知道。"

她冰冷洁白的脸颊像朱砂般晕染散开。她虽然极力掩饰着内心的慌张，但由此可以看出，她受到了强烈的冲击。

"樱木老师不承认你的存在。即便你摆出了大量证据，老师依然不接受自己内心中还住着一位女性。于是，你对刚毅这个人格动了杀心。让这个人格崩坏，以便亲手支配樱木老师。"

"刚毅是我为了逃避父亲的暴力而创造出来的人格。可谁承想父亲死了之后，他依然厚颜无耻地占据着这副身体。"

她终于按捺不住，开始歇斯底里。

"无论是谁，都不愿承认自己还有别的人格。如果接受其他人格的存在，就相当于是在否定自己的人格。"

就算看到了证据，大部分人也会以那是谎言为由而否认，当成是不怀好意的恶作剧。

"你最初应该采取了一些比较稳妥的办法。例如，写信、留下录好音的磁带。但不幸的是，樱木老师自小在父亲的教导下，接受的都是扭曲的教育，不可能承认身为女性的你的存在。"

男尊女卑的思想在樱木老师心中已是根深蒂固，他绝对不会接受自己体内还存在一名女性这个事实。所以不管多少矛盾摆在眼前，樱木老师都选择视而不见。

"于是你展现自我的手段开始升级，也就是你过激的做法，导致樱木老师不得不辞去了工作。"

樱木老师多年以前曾在政府机关工作，在某次出丑过后，主动提出了辞职。

"那次旅行中的失态，就是你出现了。一个大男人突然变成娇滴滴的女人，周围的人肯定都吓傻了吧，也难怪他们会误解樱木老师有什么特殊癖好。你当时也是像现在这样，化上完美的妆容，换上女装出现在众人面前的吗？"

不知道和已存在的樱木老师才是最不知所措的那个。只是这样的嗜好传出去，还怎么当死板的公务员呢。

"恐怕像这样的战争已经持续几十年了吧。在樱木老师内心深处，早就被迫接受了你这个女性人格，但他依旧佯装不知。就是因为他不愿相信这一事实，才会发展成今天这个地步。"

理尽量用平静的声音说着。本想端起杯子再喝一口红茶，结果发现已经被自己喝光了。

"勒住尾羽麻美女士的脖子也是你自我展现的一次尝试吧。正常情况下，你的行为基本不会留在樱木老师的记忆中，但如果是杀人这种刺激的体验会如何呢？这就是你当时的盘算吧。不过那个时候你应该还没想到寄原稿这个计划。你只是想通过那个举动,从精神上把樱木老师逼入绝境,我说得对吗?"

"没错,你说得很对。刚毅只剩下死这一条路了。"

捅破了窗户纸,她反而开始肆无忌惮。

"樱木老师被梦魇所扰,怀疑自己杀了人。一旦证实那是事实,人格就会瞬间瓦解。于是你瞅准机会,先写了匿名信。就是那封控诉樱木老师是杀人凶手的用心险恶的信。"

"是刚毅的错,都怪他不肯承认我的存在。"

她已经失去理智,开始胡搅蛮缠了。冷若冰霜的态度消失,身体因激动而发抖。

"虽然匿名信的内容给樱木老师带来了沉重的打击,但他努力稳住了心神,毫无根据的谴责并不能攻破他心中最后一道防线。你开始冥思苦想能将他逼到悬崖边上的办法,然后你突然意识到,只要将案件的顺序颠倒,就能推导出樱木老师是凶手这个结论。"

既然她能推理出麻美是凶手,那就证明她完全有这个能力。通过之前的对话也能感觉得出来,她是个思维敏捷的人。

"于是,你将真实记录了案件内容,却唯独颠倒了案件发生顺序的小说寄给了樱木老师。为了嫁祸樱木老师,必须让时间轴反转过来。"

这就是小说中案件发生顺序为什么会颠倒的理由。所以,让樱木老师倒着去看这几起案件是有它的必然性的。

"写这样一部小说花了你几个月的时间吧。你利用樱木老师为了躲避媒体藏起来的那段时间,支配这副身体书写原稿,导致樱木老师失去了那期间的记忆。"

而在那几个月里,因为有尾羽麻美的自白书,案件很快便告破。警方自然不会再查下去,媒体也就没什么好炒作的了。

"当然，樱木老师也有可能在看过原稿之后，人格没有崩坏。他或许会通过核实信息，察觉到案件发生的顺序有蹊跷。即便是这种结果对你来说也称不上失败，更不会产生什么问题。因为那不过是你为了彰显自己的存在而发动的一次起义而已。"

就算被戳穿了，她也没有任何损失。或许浪费了她很多精力，但计划本身不需要冒任何风险。

"结果就是你的计划大获全胜。老师的人格崩坏了。是的……是你杀了他。"

理死死盯着对方的眼睛，说出最后的台词。意为谴责，声音却异常冷静。

她本想反击，结果嘴唇只是颤了颤，什么都没说出来。她的脸因愤怒与激动而憋得通红，却不知如何发泄。

该说的都说完了，理将目光移向窗外。

人们大概会针对她的所作所为该不该问责而产生分歧吧。不只是从法律层面，从道义上来说也很难界定。在认识樱木老师的理看来，她无疑是犯了罪。他要用"杀人"这个词来形容她摧毁人格的行为。

狂舞的雪花放缓速度，给所有景物都披上了一缕白纱。薄施脂粉的房屋就像一颗颗糖果，惹人喜爱。

悠扬的钢琴曲填补了短暂的沉寂。大概是照顾樱木老师的那个年轻姑娘弹的吧。

"你说这么多有什么用？就算是我杀了刚毅，你又能把我怎么样？"

似乎是终于想到了说辞，她抬高声调，声嘶力竭地叫喊着，努力想要盖过钢琴的声音。

"我只是拿回支配权而已。拿回了原本就属于我，后来为了逃避父亲而诞生的刚毅从我这里夺走的东西而已。"

理故意没有转过头，依然看着外面的景色，说："是肖邦的曲子吗？肖邦的夜想曲①——Nocturne。"

"而且刚毅已经死了，再也不会回来了。"

"是吗？正所谓浮生若梦，或许深夜的梦乡才是真实的。"

始终用侧脸听着她砌词狡辩的理，再次看向她。

"什么意思？"

"我的意思是说，光彩绚烂的白昼也许只是配角，悄无声息的夜晚才是真正的主角。你从始至终都主张自己才是樱木老师的主人格，我看实际上正相反吧。"

"你在说什么……"

"在多重人格的病例当中，几乎没有主人格担当记忆记录装置的情况。你只是自以为自己是主人格吧。如果我猜得没错，樱木老师只是遭受打击，暂时一蹶不振而已，并没有真正死去。当他意识到自己并非杀人凶手之时，自然还会回来。"

她激动地拼命摇头，反复嘟哝着："不会的……"

她写的原稿就放在矮桌上，抓着那摞纸的手和声音一样，微微颤抖着。

窗外松软的雪花静静落下。在这个彻底被纯白支配的银色世界里，已经分不清昼夜。

"那么，我先告辞了。"理微微低头，从沙发上站起身。

她依旧垂着眼帘，连看向这边的余力都丧失了。

走出那个房间后，钢琴的声音明显清晰起来。听着抒情的旋律，理再次想起这首曲子的名字。

---

① 通常译作《夜曲》。

"NOCTURNE" by TAKAHIRO YORII
Copyright © 1999 Takahiro Yorii
All Rights Reserved.
This Simplified Chinese Language Edition is published by arrangement between TAKAHIRO YORII and New Star Press Co., Ltd. under the care of East West Culture & Media Co., Ltd., Tokyo
Simplied Chinese edition copyright: 2023 New Star Press Co., Ltd.

**图书在版编目（CIP）数据**

夜想曲 / （日）依井贵裕著；赵滢译 . — 北京：新星出版社, 2023.8
ISBN 978-7-5133-5265-9

Ⅰ．①夜… Ⅱ．①依… ②赵… Ⅲ．①推理小说 - 日本 - 现代 Ⅳ．① I313.45

中国国家版本馆 CIP 数据核字 (2023) 第 116753 号

午夜文库
谢刚 主持

## 夜想曲

[日] 依井贵裕 著；赵滢 译

| 策划编辑 | 赵笑笑 | 责任编辑 | 王 萌 |
| 责任校对 | 刘 义 | 责任印制 | 李珊珊 |
| 装帧设计 | 王柿原 | | |

出版人　　马汝军
出版发行　新星出版社
　　　　　（北京市西城区车公庄大街丙 3 号楼 8001　100044）
网　　址　www.newstarpress.com
法律顾问　北京市岳成律师事务所
印　　刷　北京汇瑞嘉合文化发展有限公司
开　　本　910mm×1230mm　1/32
印　　张　6.625
字　　数　100 千字
版　　次　2023 年 8 月第 1 版　2023 年 8 月第 1 次印刷
书　　号　ISBN 978-7-5133-5265-9
定　　价　49.00 元

版权专有，侵权必究。如有印装错误，请与出版社联系。
总机：010-88310888　传真：010-65270449　销售中心：010-88310811